曾經溫暖的病院變得黑暗、扭曲，
離奇詭祕的變化接連不斷……
一間隔離的精神病院裡，九位精神病患者相依為命。
然而，誤會讓彼此的心靈產生隔閡，終致九人分道揚鑣。
九人一次次陷入危險之中，他們決定要……
逃
英華女學校2019至2020年度
接龍小說創作比賽冠軍作品
作者：黎卓琳、劉心、楊皓雯、蔡哲妍、胡凱盈
插圖：蔡栩怡、何嘉善
青森文化

推薦序

由一個念頭跑進作者的腦袋開始，就啟動了一本小說的創作過程。作者要思考它的人物、時間、地點，想想要藉它深討甚麼主題，表達甚麼想法等。要從無到有地創作一本小說，歷時很長，有些日子是痛苦的，也有些日子是快樂的。只要不放棄，終於會寫完，它會離開作者的懷抱被出版，會成為獨立的個體。那時候，它就屬於讀者，屬於這個世界了。如果說讀者在閱讀一本小說時，就是得到最大樂趣的時刻，那麼，從構思到成書的過程，作者就已經獲得了最大的樂趣。

本年度多個參賽作品都很出色。內容豐富多樣，涵蓋了科學、網絡、文學、佛學、精神科、電影和旅遊等方面的知識，看得出作者們都在創作前博覽群書，涉獵甚廣。在小說布局方面，也都下了一番功夫。這個恍如登山的艱辛過程，是一種苦行，一種修煉。完成作品後，回首咀嚼那段日子，應會感受到超越想像的幸福感。當時那分義無反顧的拼搏精神應該足以充實一顆心，給大家滿滿的能量，也發現自己的不同凡響。

能引起讀者好奇心的，就是好看的小說，有出色情節的小說，則能吸引讀者一看再看。高超的敍述技巧，可以創造懸疑感，引發情景的轉換，推展人物的變化，鋪排出唯一合乎情節變化的結局。

本年度的冠軍作品《逃》的敍述技巧十分出色，精心的布局引起讀者的好奇心，令人不自覺地被牽進故事世界裏去。以「第一人稱」及「第三人稱」敍述者交替出現的形式，令讀者不時接收到錯誤訊息，迷失在人物充滿情感偏見的敍述中。可是，你總能找到一些伏筆，教你步步解開謎團。

小說中九個人物各有不同的精神層面的問題，令他們自認和被認為有異於「正常人」。這種異鄉人的疏離感，渴望跟同路人彼此撫慰創傷的願望，變成無形繩索，拉近和連結了九顆心靈。

明明彼此珍視，卻在猜測對方的心意時，誤會叢生，像九隻刺蝟，尖刺怒張，拒人於千里。自卑、憤怒、悲傷、報復……這些潛藏在內心的野獸，趁此時機，發出嗜血的吼叫，驅使主人魯莽地傷害最愛、最在乎的人，也狠狠地刺痛自己脆弱的心，弄得遍體鱗傷。

「逃」，也許只是一種躲避，躲避是因為悔恨；「逃」，也許是一種出走，出走是為了療心；「逃」，也許是為了追尋，追尋幻想中的烏托邦。「逃」，是心靈最疲憊時，最絕望的行為，以此避開最撕心裂肺的痛楚。

可是，「逃」，也許只會帶領人們進入荒漠，靠那來自遠方的海市蜃樓充飢。「逃」，只是更深一層的封閉，進一步擠壓那顆渴望愛人和被愛的心，令雙方更敵視彼此。

最後，大家也許會發現，「反抗」才可以獲得心的自由。所謂「反抗」，就是對自身的陰暗面進行永久的對抗。只有「反抗」，才會發現其實大家所等待的，是敞開心扉，彼此寬恕、接納的一刻。看見真相時，心靈就會一起進入與世無爭的「桃花源」，療癒傷痛。

看完《逃》，感覺如聽完貝多芬的《命運交響曲》：演奏完了，音樂停了，幕落下了，但是樂音仍然留在心裏的某一處，不停地迴響。

比賽評審、小說作家　子君

逃

目錄

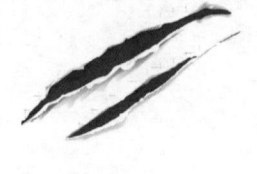

序幕

黎卓琳

黑暗。

沒有一絲的光，眼前只有一片無盡的黑暗。

我一直努力前行，卻永遠看不見終點。

不是因為終點遙遙無期，而是我在原地打轉……甚至後退。

我拼命地跑，掙扎、嘶喊，想打破心裏的迷惘。

你知道嗎？我害怕黑暗，怕走不出來，怕黑暗中會藏匿魔鬼，怕見不到你們了。

突然，一束強烈的光出現於黑暗之中，打破了長久以來的迷茫，我感到一陣暈眩。

迷糊中，一抹女孩的身影，隨著光線漸近，一步、一步向我走來。我猛地瞪大雙眼，想要看清眼前一切，只是那道光一閃而過，然後再次回到一片死寂。

只有黑暗。

「——啊！」一張猙獰笑臉突然出現在眼前。那張煞白得毫無血色的臉，就這樣瞪著我詭異地笑著，笑得我頭皮一陣發麻，只顧得尖叫。

「你是說，一切都是我的錯？」她步步逼近，眼中越發猩紅。「每個人都認為我是錯的，你知道我有多崩潰嗎？你有理解過我的難處嗎？」

「你知不知道我有多痛！」她淒厲陰森的聲音，在黑暗中迴盪。她的臉，在手電筒的光照亮下，是來自地獄陰森的使者，來向我索回她所失去的一切。

我驚恐地搖著頭，眼睜睜地看著鮮血一滴滴從眼前她的右眼流出，一臉難以置信地緩緩往後退。

「求求你……」我結巴著，說不出話來，「別過來！」我不敢閉眼，只把眼睛死死瞪大，頭上冒出了汗。

「是你，搶走了我的所有！」她說著，突然痛苦地嘶吼起來，鮮血如同噴泉般湧出。「是你的錯……啊！」在她慘叫失聲的一刻，手電筒從她手中滑落，微弱的光線中，她的右眼眼球隨著鮮血噴出，掉落在無底的黑暗中。

左邊，眼眶撐得很開，圓凸的眼球無神地盯著我。那瞳孔映著我的臉，一片黑沉沉中竟還能看到那噬人的恨意在裏頭翻騰著暗流洶湧，彷彿人的靈魂都要被吸進其中，消失在可怕的無底洞裏。

右邊，空洞洞的眼眶，血流如注，恍如斷線珠簾，在她的臉頰上流淌，為她那扭曲猙獰的面容，染上了刺眼的鮮紅，然後，溫熱的鮮血被黑暗吞噬，只剩下刺骨的冰冷。

我的心發瘋般亂跳，身體不受控制地顫抖。那一刻彷彿預示著，面前將會是一場災，而我，絕對逃不了。

下一秒，我感到全身乏力，整個人倒在地上，失重地墜入無邊的黑暗。我知道，等待我的，是冰冷的血海。在闔上眼的最後一瞬，我望向她，在那一束微弱的光線下，我竟看見她……扭曲的笑容。

「不要！」我猛地驚醒，從床上一躍而起，手緊張地攥住床單。我覺得眼睛有些乾澀，不覺眨了眨眼睛。回過神，才發現一切黑暗已經退去，留下一片徹骨的寒意。

第一章——

囚

黎卓琳　劉心

【紫羅蘭】

這是一個被遺忘和唾棄的角落。

被困在這裏的人不知道時間的變化，只能在無垠的絕望之中感受生命的流逝。

燈泡一閃一閃的，就像那女孩的腦袋掛在空中，擺來擺去。

幾縷光線照著我的房間，在殘破的泥牆上泛不起一絲漣漪，整個牢房充滿著壓抑，令人喘不過氣。

牆上的塗鴉，是九個神態各異的人，被黑暗模糊了稜角，遠遠看去，像血肉模糊的臉孔。它似是映著畫者內心的陰暗和扭曲，無處申訴。

原來他們的目光，都在看著我。

不！心中恐懼漸增，我本能地向唯一的出口奔去。門把就近在眼前、觸手可及。

於是，抱著一絲的盼望，我握住了門把，金屬獨有的冰冷觸感使我心裏一涼，然後手腕暗暗使力，把門把向右轉了一圈。

咔嚓——

一聲在空中響起，我不敢置信地看向自己的手，門把鬆開了，而手中冰冷的觸感卻告訴我這不是幻覺！我深深地吸了口氣，然後用力把門推開。

吱嘎——

映入眼簾的是一條極為昏暗的走廊，燈泡似乎因日久失修而出現故障，光影閃動，忽明忽暗，把走廊照得詭異無比。我探頭窺視走廊的一方，目光所達之處盡數沒入寂靜的黑暗中，放眼看去竟不見盡頭。

這看似是目前唯一的去路，不容多想，我邁出第一步，踏在了走廊骯髒的地面上。我正內心欣喜，突然眼前一黑——下一秒的我竟回到了原地，彷彿我未曾走動，面前的牢門緊緊關上，沒有絲毫的變動。

「怎麼會這樣？」我愣住了，理解不了目前的狀況。於是我又嘗試了好幾次，但無論如何，還是在原地盤旋，就像有一條無形的隧道，把我困在一個地方。

但，不同的是，隨著開門次數的增加，走廊變得更加陰森恐怖。每一次打開那道可怕的門，看見的是更加昏暗殘破的絕望走廊。而那盞明滅不定的殘燈在黑暗的映襯下越加妖冶，是來自地獄的火苗，在黑暗中肆意躍動。

數番的嘗試，使驚慄在我心中蔓延，開門的動作也越發遲疑，我終是無力地放下雙手，頹然地閉上眼睛，不敢再環視周遭的一切。

死寂、無聲。

我努力不去回想，有關他們的過往。到底我被關在哪裏？我還能與他們重聚嗎？

遠方的一處，傳來了一道微弱卻熟悉不已的聲音。

我此際無助的心突然有了熟悉的依靠。少了一份彷徨，多了一份安心。

「阿琛？是你嗎？你在哪？」

可是那盡頭的聲音似乎聽不見，越走越遠，我心裏焦急，竭力大喊。

她還是聽不見。

「琛？」他的聲音有著磁性，顯得很穩重，給人一種安全感，感覺很踏實。

「克仔！」阿琛得到回應，語氣中帶著喜悅。

半晌，不遠處傳來短促的敲門聲。

是洋洋。

他是中度自閉症患者，非必要時不會說話，敲了敲門就代表他現在安全了。

看來他們都安全了，我頓時鬆了一口氣。

我繼續大喊：「你們聽到嗎？」

哪怕是一點點熟悉的感覺，都顯得那樣的彌足珍貴。我聽見自己的聲音顫抖著在空氣中迴盪，然而回應我的只有他們的對話。

「我在一間牢房裏，門被鎖上了，你們在哪？」阿琛呼叫著。

克仔煩躁地說：「不知怎樣，突然便昏了過去，一醒來便被關在這個鬼地方，怎麼會這樣？」

「霖、霏、予妍呢？她們會不會也被關起來了……」阿琛說。「罷了，他們現在被困與否，都不關我們的事了吧……」

霖和霏如出一轍的清秀模樣在腦海一閃即逝，留下淺淺的回憶印記。

「被困住了？」洋洋一愣一愣地問道。

「一個人關在這間破房的感受真的可惡。我可不記得病院裏有這樣的房間。」克仔只覺眼前一切疑點重重，一時之間無法反應過來。

我聽見克仔狠狠地往某東西踹了一下，低聲咒罵了一句。

心裏有種莫名的失落，彷彿即便是自己消失了，也不會在一個人的心中引起巨大的波瀾。

「別廢話了，趕緊想想怎麼逃吧。」克仔語氣不耐煩。

「對了，紫羅蘭、榛子和瑤瑤呢？」阿琛問道。

「找紫羅蘭。」洋洋嘀咕道。

心裏一陣感動，因為洋洋說，要找我。

原來我在你們心中並非毫無地位。

我應該要對他們有信心，不是嗎？

此時再次傳來阿琛的聲音。

「這個牢房好恐怖！」

阿琛見克仔沉默了，似乎不願理睬，開始自言自語：「四周有無數雙眼睛在看著我，好像她一樣，向我投來冷漠而睥睨的目光！我好害怕！」

「我錯了，從一開始就錯了。可是我是那樣的痛！克仔，你明白嗎？」

我不禁皺了皺眉頭，阿琛的語氣變得不太尋常，這對於一個精神分裂病患者，是一個不太樂觀的徵兆。

「阿霖，你說你覺得我心思單純，不會想那麼多。呵！可看到你們自成一個圈子，心再大也會感覺到這種變化吧。你們有說有笑，我卻默默地站在一旁；你們嘻嘻哈哈，卻不告訴我，你們在笑甚麼。九個人的友誼太擁擠，總有一兩個會落單，而我，就是那個多餘的配角。我把自己想得太重要，以至於我都忘了，我才是若有若無的那個人。」阿琛莫名其妙地笑了，笑聲背後有掩飾不了的哀傷。

就在不久之前，我們九人的友誼破裂了。我們雖住在精神病院，卻靠著大家互相扶持，溫暖彼此的心。只是，曾經的溫暖已逝去，被傷痛及悲哀所取代。

「這就是我自編自演的鬧劇！從頭到尾，都是我的錯。友誼世界裏也存在著吃醋，我就是這樣的醜陋，這一切都是個笑話！是因為我在胡鬧，才會傷害了所有人嗎？那為甚麼，我也感到這樣痛！你說我還應該相信友誼嗎？」阿琛顫抖的聲音，無礙她演繹出此時無處安放的情感。

「琛，你病發了，你先冷靜一下。」克仔知道阿琛開始語無倫次，似乎還出現幻覺了，應該儘快讓她鎮定下來，不然繼續這樣獨處下去，她會精神崩潰的。

阿琛瘋癲的笑聲傳入耳畔，漸漸轉為似笑非笑的啜泣，在半空中兀然落下。

我閉上眼睛，想要逃離洶湧而來的自責。這時的我多想給阿琛一個擁抱，多想能陪伴在她的身邊。希望她能知道，錯的不是她……她，不是孤單的。我知道，她這時候，一定和我一樣，很傷心很無助吧？

即使路很黑，我們也要一起走下去。

漸漸地，阿琛的啜泣聲攸然而逝，遺留下的只有心裂成碎片的聲音。

第二章——懼

劉心

想著，眼前的事物卻天旋地轉，轉瞬間已聽不到他們的聲音，霎然發現自己又回到死寂。

「你們在哪？」

我聲嘶力竭，但可怕的是，耳畔沒有如我預期般響起自己的聲音，周遭只有絕對的靜，沉重的氣息，是那樣的毛骨悚然。

我只能頹然地坐在地上。此時地板的中心突然出現了一條微小裂痕，不消片刻，裂痕漸漸擴大，而在縫隙的中心竟湧起了水，繞著圈流淌，形成了一個湍急的漩渦。它一點一點地，把地板都撕成碎塊，捲入那未知的深淵。

怎會這樣……

我駭然睜大雙眼，揉了揉眼睛，殊不知，那不可思議的景象並沒有消失，水越滲越多，淹過我的腳踝，在觸碰肌膚的瞬間煞是冰冷。漸漸地有了浪，似獅子怒吼，一層一層地湧過來，毫不留情地撞擊在我身上，激起朵朵浪花。

我連忙躲到水位較淺的角落去，怕自己像周遭的物件一樣被湧浪吞噬，墜落在那無底深洞中。海潮繼續上漲，房間裏的燈光暗了下去，剩下海面折射出的微光，在幽暗中亮得刺眼。洶湧的海浪卻漸湧漸細，只剩微弱的波紋在水面蕩漾。此時，海面竟投影出洋洋小小的身板。

我定了定神，細看下，洋洋所在的房間竟是那麼駭目驚心——鏡子，全是鏡子。

像一部驚慄片，一個大的鏡子上有無數個小鏡子，一個小的鏡子上有無數個更小的鏡子。一個空間引出了另一個空間，一個房間內有另一個房間。

無邊無際，無窮無盡……

洋洋死死盯著眼前的自己，忽然鏡中的他咧嘴，展露出詭異的笑容。身後無數個洋洋也跟著笑了起來，邪魅而陰冷。

它們籠罩一切，映著這個房間的陰森，閃爍著邪惡的光芒。鏡面是扭曲的，它殘酷地把一切改變，扼殺了你原來的模樣，將扭曲的你無限複製。你會逐漸迷失自我，感覺不到自己的存在，感覺不到空間，直到你忘了，直到你找不到，哪個才是真正的你。

無數個臉容扭曲的洋洋，在他耳邊竊竊私語：你逃不出的……

洋洋呆了，跌坐地面的鏡子上，小小的人在顫抖著，瞪得大大的眼睛滿佈驚恐。我多麼希望他懂得像阿琛一樣尖叫，可是他不會，恐懼無處宣洩，只會在心裏不斷囤積，留下一片陰霾。

我焦急極了，想立刻去牽他的手，告訴他：別怕，有我陪著你。

可我做不到，我逃不了。

像被綑綁在椅子上的觀眾，無力地掙扎著，想要逃避我將要看見的一幕。隨著水位上升，畫面慢慢迫近我的臉，似要逼我看著摯友受苦，心如刀割。

畫面驟轉，是克仔的房間。在忽明忽暗的燈光下，依稀能看見那深邃的輪廓。

支離破碎的燈光，如同夜間許多的眼睛般一眨一眨，若斷若續、似明似晦。一下子黑暗、一下子光明，這沒完沒了的交錯莫名地妖冶，渲染一室的詭秘，令人心悸。影子在光的掩護下，鬼魅般地跳躍，稍縱即逝。光追逐著影子，影子追逐著光。

閃爍、閃爍。

本來就昏暗的牢房變得更加可怕，空氣裏充斥著克仔惶惶不安的呼吸聲。像電影裏對待背叛者的質問，來自地獄的使者藏在光影下，把手伸出去，扼住克仔的脖子，探向他內心最深處的地方。克仔慌亂的眼神出賣了他的恐懼，在光怪陸離的牢房裏顫慄不止。

阿琛的房間倒顯得很正常，我暗暗鬆了一口氣，但仍忘不了對克仔和洋洋的擔心。

房裏突然傳來一陣詭異的歌聲。似有若無，飄忽不定。我總覺得這聲音很熟悉，便竭力回憶，想從腦海裏撈出那隱隱約約的印象。

「九個小黑人外出吃飯，一個噎死還剩下八個。八個小黑人熬夜到很晚，一個睡過頭還剩下七個。」

我心頭莫名一顫，九個小黑人……是意味我們九個嗎？

「四個小黑人到海邊，一條紅色的鯊魚吞下一個還剩下三個。三個小黑人走進動物園裏，一隻大熊抓走一個還剩下兩個。」

「兩個小黑人坐在太陽下，一個熱死只剩下一個。一個小黑人覺得好寂寞，他上吊後一個也不剩。」

細思，極恐。

彷彿當初九個人的美好回憶蕩然無存，只剩下惡毒的詛咒。在寂寞孤獨的路上，眼睜睜看著同伴的離別。

那歌聲忽然停住了——

阿琛全身僵硬地躺在地上，白皙的臉蛋顯得慘白，無半點血色。她努力豎起耳朵，想聽到克仔的聲音，眼裏希望和絕望糾纏，可她甚麼都聽不到。好一會兒，她聽到腳步聲伴隨著悠閑輕快的哼歌聲，叫她再一次墜入深淵……

她嚇得放聲尖叫，刺耳的音頻卻蓋不過那幽幽的歌聲，只能縱容它肆意地在她房間裏迴旋，似是怨恨，又像是嘲諷。我想起來了，這聲音是她，夢裏的女孩，我猶記得最後她臉上掛著的冷冷笑意。

尖叫聲依然不絕於耳，彷彿所有的恐怖都擠在她的腦海裏，產生出迷離的幻覺。

阿琛本來已是情緒不穩，好不容易才冷靜下來，明知她現在更可能會因受到刺激而再次病發，我卻束手無策，站在水裏任由那種愧疚和無力感包裹全身。

你們的難受，像刀子一樣，一遍遍地淩遲我的心，讓我沉溺在自責和愧疚之中，悔不當初。

每次都是這樣的無能為力，就像當初我以為，我們九人的友誼會永恆不變，可為甚麼，因為一個小小的挫折，我們就會走到今天這個地步？我以為我終於有了一個家，可以不再漂泊，我以為我擁有最溫暖的依靠，為何命運卻一次次地捉弄了我？

因為，我就是災星，我只會給自己、給身邊人，帶來更多的不幸。

若果不是我，若我當初對所有傷害都視而不見，沒有試圖把問題戳破，這段友誼，也許就不會破裂了。

我不知道，為甚麼我們九個鬧翻之後，就被困在這個牢房。但我清清楚楚地知道，是我，肆無忌憚戳破大家最後的底線，致使你們潸然淚下。

阿琛、克仔、洋洋，對不起，是我的錯，讓你們承受了加倍的痛苦和恐懼。

是的，我知道自己的抑鬱在作祟，可我不想、亦無力抑止。就讓悲傷和內疚來得更猛烈一些，放任它，容讓它在心裏，留下一道道永遠無法磨滅的傷痕。

我只感到撕心裂肺的孤獨，歇斯底里的自責。只想蜷縮自己，變小，變小，像塵埃一樣的卑微。

【霖．病房】

霖窩在漆黑的病房裏，大多數的時間在發呆。

還記得那天，阿琛他們憑空在眼前消失，自此以後她便再沒見過他們。

霖內心深處有把聲音。

阿琛，你知道嗎？每一次，你的情緒都能被理解，感受都能受到呵護。每一次，他們都幫著你，都認為我是最錯的那一個。而我只能說，對不起。當你再一次對我說，我不重視你，捫心自問，你真的有你所說的這樣在乎我嗎？

你們有想過我嗎？有想過面對你們的指責，我也會痛？我是真的恨，恨你，更恨紫羅蘭。是你們，一點點地把我推到痛苦的深淵。可笑的是，被恨的你們沒有痛苦，恨你們的我卻遍體鱗傷。

對，我是被害妄想症，但難道我錯了嗎？

霖還做出了很多怪異的舉動——

例如現在她把抽屜打開，拿出放在裏面的相冊，把檯燈調至最昏暗，一張一張地翻看相冊裏的照片。

照片記錄著九人從開始到慢慢地疏遠、崩裂的過程。

霖無法自持地拿起桌子上的剪刀，把一直很珍惜的照片從相冊裏掏出來，用剪刀森然的刀刃對準他們，「咔嚓」，斜斜地剪掉每張照片上的右半邊。

她討厭他們幸福的嘴臉。

剪刀有時候會被相紙表面光滑的膜卡住，她就會狠狠地用力撕扯。照片上被剪出的整齊邊緣後面，接上一塊不規則的裂痕，像醜陋的傷疤。

照片被一張一張地拿出來，被一下一下地剪破。

照片的殘骸慢慢地在書桌上堆起一座小山。

這時候一個樣貌酷似霖的女孩走了過去，霖趕緊打開抽屜，把那些相紙的碎片掃進去。

那女孩溫柔地摸了摸她的頭：「阿霖，還在傷心嗎？」

「霏。」她輕輕地喚出雙胞胎姐姐的名字，委屈不可遏制地氾濫開來。

想他們嗎？可是，在她內心最深處，期待著些甚麼？

霏的眼神裏有著不言而喻的諒解，讓心一下子就暖了。還好有霏，從小到大，在最冷的時候，似冬日暖陽一般，把無盡的溫馨捧在她面前，敞開她的心扉。

她們抱在了一起：「一切都會好起來的。」

她哽咽著，說不出話來。

時間選擇沉默，只有擁抱溫暖人心。

「不要怕，我陪著你。」霏輕聲說著。

霖的眼睛紅著，那早已在眼眶裏打轉的晶瑩淚滴，不受控地簌簌掉下來，淚水爬滿臉龐。她只想在霏的懷裏哭一會，像孩子般發洩自己不願承認的軟弱和無助。

【紫羅蘭】

這時耳畔再次響起克仔的聲音：「牢門開了！快走！」

畫面中牢門無預兆地開啟，三人終於擺脫恐懼，身影漸遠。我臉上立刻浮起了一絲笑容。快走吧，讓我在自責中離去，在你們的腦海裏消失。

又是起伏不平的波浪，在燈泡的微弱光線下，仍是深不見底，零散的回憶蕩漾在水面。波紋如綾，一褶褶皺紋，經過激烈的碰撞，逐漸形成一層層海浪，來勢洶湧。

在我胡思亂想之際，整個牢房一下子被黑暗吞噬，如同被地獄之神操控一般，連空氣裏都充斥著恐怖而血腥的感覺。偶爾一陣浪濤湧來，拍打在我身上，發出天崩地裂的吼聲。

我用力踮起腳尖，背貼緊冰冷的石泥牆，避開那向我伸來的浪。襲來的除了到處竄走的寒意，還有湧進腦海的記憶。

急促上漲的水面，快要浸過我的下巴。波浪一次次衝擊著牆壁，海水退下，掀翻起下一波，似在醞釀著一場海嘯。不知是飛濺的浪沫，還是淚眶裏殘留的晶瑩，使我的視線也朦朧了。我不得不屈服在這越加壓抑的密封空間內。地板上的洞在擴大，連一寸可立足之地也沒有。

我閉上眼睛，任由自己被巨浪捲進漩渦中心，沒有東西可以捉緊，沒有人可以依靠……逃不出去。

睜開雙眼，眼球表面傳來絲絲刺痛，我清醒過來，才驚覺自己被闃寂圍困。茫然無助之際，思緒被捲進痛苦的回憶中，當時的一切彷彿變得更明白。

失重地沉浸在水裏，感受著那載浮載沉的感覺，不斷地、不斷地重複著我們的故事。

零碎的畫面續漸浮現，在我的面前，徐徐展開……

是霖。

當時你朝我走來，帶著彎月般的笑眼和清透如洗的笑容。一直沒能跟你說，在來到病院以前，我的整個世界都在下抑鬱的雨，總是潮濕，總是悲傷，但後來你來了，雨就停了。你把我帶進你們的世界，讓我無家可歸的心終於有了家。

可是畫面被阿琛沉鬱痛苦的眼神取代。

你知道嗎？

原來你的愛並不是平等分配的，一段友誼中總會有人獲得較少的關注，總會有人因受到無意的冷待而把哀傷藏於心底。

那時的我，卻天真地以為九人構建出的世界足夠穩固，足以讓我們把問題都捅破，坦誠相對。所以我抱著信念，向你訴說阿琛的失落，希望你們能對阿琛好一點。

「阿霖，這段時間你忽略了阿琛的感受了……」對別人的情感十分敏感的我，明白霖在阿琛的心中何其重要。

不過是委婉的一句提醒，但再堅固的玻璃，只需一道微小的裂縫，便會擴大延展，最後破裂成一片片鋒利無比的碎屑，使整片玻璃粉碎。

至於往後很長一段時間裏，我們的友誼都以一種貌合神離的狀態延續著。直到有一天，一直醞釀著的暗潮終於洶湧爆發。

「我想我已經很累了，我不想再去追逐你們幾乎冷漠的背影，這一次，我真的想等你們來找我。原來我又錯了，是我讓我們九個分崩離析……」阿琛一直以來壓抑的心聲，終於能得到宣洩。

「我以為我們九個可以走到永遠，但我發現，我才是多餘的人！或許我只是想要一個擁抱，然後有人來跟我說，我是被愛的。可到最後，最黑的那段路，終究要自己一個人走完……」

霖聽罷也開始控制不住自己的聲線，她可愛的一張瓜子臉扭曲起來，陌生的笑聲傳入耳畔，使人麻痺，從心底裏滲出陣陣錐心的寒意。只是大笑過後她的神情變得冰冷，本來熱情關愛的雙目看向我們不帶一絲溫度。

只見她冷冷地開口道：「你們都認為我錯了嗎？你們都認為是我冷落了阿琛嗎？」

「阿琛，你說你不被重視，你知不知道我有多辛苦。每個人心裏都認為我是錯的。我沒想過要傷害你們，可你們一次次傷害我。是你們害我的……」

那時候的我是多麼生氣：「可是阿霖，有些行為，的確在別人心裏造成傷害。當你的世界只有三個朋友，你的眼裏便不會有其他人了。是的，錯不全在你，可你也有錯。你的錯，在於你不會嘗試去理解他人的感受，有時候沉默是最後的抗議，有時候微笑是最後的驕傲，可你感覺不到，別人的心在淌血……」對不起，原來我當初的坦白也是一種傷害。

「夠了！紫羅蘭，不要再自以為是了！你以為你是最對的嗎？你有理解過我的難處嗎？你知道我有多痛嗎？」阿霖紅了眼睛。「或許，我們散了也是件好事吧。我不想再苦苦經營，早已傷痕纍纍的友誼。」

「或許真正的原因，是因為你已經沒有那麼在乎了吧。」阿琛思想開始紊亂。「不知幾時開始，你已經不依賴我的存在了。」

「你訴說我們之間沒有話題，所以疏遠；你訴說你難以將友誼平分，所以淡漠。很好，既然你把我從你的世界淘汰，我亦無需要存在。那些回憶，那些經歷，更不需要存在……」阿琛的情緒越發激動。

「不堪一擊的友誼，不堪一擊的信任，即使我們九個在一起又有甚麼意義！」阿琛瘋狂的笑聲，在我心裏敲下斑斑裂痕。

到最後，只殘留一片死寂的沉默，一片徹底的失望。九人的友情，終是一場絢爛的煙火，化為灰燼，落幕收場。

第三章——

淪

胡凱盈

我閉上眼睛，一直沉浸在冰涼的水中。

我想我之所以明白阿琛的感受，是因為我也有藏在心裏的委屈吧……

當時，我只顧著安慰情緒激動的阿琛，事後回想，總是悲慟不已。是洋洋，在所有人都認為我堅強的時候，知道我只不過在用蠻力撐起自己。他望向我的眼神，是理解的、體貼的。

睜眼，場景已再次轉換，回憶片段在水底中漂浮，但面對眼前一幕幕的記憶，窒息缺氧的感覺使我無力思考。

那日，我獨自坐在窗前，思緒隨著斜陽的落下漸漸沉澱，曾經的回憶，也像日落一樣來得悄無聲息。克仔察覺到我的難過，便悄悄地坐在我的身旁。故意放輕的腳步、逐漸靠近的氣息，我繼續癡癡地望著窗外的浮雲。

只有我和他，靜坐在對方身旁。

我們看黃昏一縷縷橘紅的落霞，慢慢爬進了窗框，灑在灰冷的房間裏。我們默默地欣賞即將逝去的溫暖，相顧無言中卻又明瞭對方的心聲。在我情緒低落時，有人能讀解我說不出的想法。他仰起頭凝視著天空，不知在想甚麼。只見他英氣的臉龐上，映著落霞的緋紅……

我們都沒有說話，只有幽微均勻的呼吸聲，傳進耳裏，忘掉所有言語，不談理由，無聲地陪伴彼此。

「克仔！」在遠方的霖向他招手。霖的目光從來沒有放在我身上，把我當作透明。

我以為，他會留下來陪我渡過傷痛，甚至天真地想，霖一下子便會看穿我的困擾，然後拉著我的手，把我拉出憂鬱。

他猶豫地瞟了我一眼，也不待我反應，起身跟隨了霖。

黃昏漸去，取而代之的是漆黑的夜。看著他們背影離我漸遠，留下我一個受傷的靈魂，我無言以對。

我怎會看不到克仔偷偷回頭望？可是，他連一句話都沒說便走開了，和霖她們說說笑笑。好像，徹底忘記了我心裏的難過……

我以為自己不在乎此事，以為自己足夠堅強，不會再因此而流淚。而事實是，每次回想，仍是歷歷在目，心還是會絞痛。

原來我的難過，在別人心中，只不過是過眼雲煙，不一會便會消散。原來一不小心，便很容易忽略別人的悲傷。

為何不被了解的總是我？

或許，不只是我吧。有時候，阿琛和洋洋也會被忽視。洋洋沉默寡言，我們本應更多加關懷，可他也常被忽略，有時他也會感到孤獨吧？

即便如此，每次只有洋洋會察覺到我的憂鬱，能理解到我的難受。只有他，看到別人看不到的我，亦只有他，願意與我經歷苦痛、跨過低谷。

回憶片段在水中漂浮著，我們說過的每一句話，做過的事，笑聲與淚水，幼稚的爭吵，玩過的真心話大冒險，我們的一切總是如影隨形，充塞著我的全部生活。回憶像是那掉落眼睛的沙，刺痛得分明，但我毫無辦法，只能任由它割痛我，苦澀得流出淚來，融進這無底的回憶海。

有時候，我們得承認，生命必須有裂縫，水才能進來把你淹沒吧。我想，分開也是好的，終於不用再互相傷害。我知道那些日子只是拖著，想要延遲我們分開的期限，無法再拖下去了，累了，所以就停在那裏。我們都知道回不去了。

褪色的回憶中，我看到了三個黑影移動著，步步向前探索。

「紫羅蘭到底在哪？」是阿琛清澈的聲音，燃點了我心底的希望。

是現實？還是幻覺？

「很黑。」阿琛緊拉著洋洋的手，提心吊膽地穿進陰森的走廊，而克仔踹開經過的每一道房門。

他們在找我。

他們小心翼翼地前進，同時謹慎地留意著其他房間。每往前一步，走廊就變得更陰暗，也變得更深，好像沒有盡頭，也不知道面前會有甚麼等待著他們。

你們丟下我逃走吧，不要浪費時間了。

「會在哪裏呢？」克仔冷靜下來思考著。

身處的走廊在無限延長，感覺，一輩子都走不完。

他們依然摸黑前進。

而我，卻在水中自甘墮落。

眸前的影象黯淡下來，像一環厚重的陰影包圍住我的視野，最清晰的，就只有洋洋前行的背影。

眼前的一片漆黑在蔓延，填滿了眼眶。在我的世界即將沉淪的一瞬，模糊的餘光中看到——

洋洋轉過頭來，視線堅定不移地望向某處。他臉上的表情寧靜而平和，目若朗星。

目光透過水中畫面對上。

「紫羅蘭……」聲音響在耳際，是來自於那少年的溫暖聲音。這是心靈感應嗎？在那一刹那，我竟深信洋洋一定能找到我。

洋洋似乎與我有同感，只見他的眼神更加肯定，轉身面對著一道空白的牆壁，用手敲了敲。

阿琛和克仔面面相覷，不解洋洋的用意。

「你覺得紫羅蘭在裏面？」阿琛問道。

他不慌不忙地點頭。

「你是怎樣知道的？」克仔追問。

「感應……」洋洋垂下頭。即使在肅靜的環境內，微弱的聲音仍不易被聽見。

克仔聽後，二話不說便開始在牆壁進行摸索，尋找有關我的線索。

「我們相信你。」阿琛對洋洋說。

「紫羅蘭！你在裏面嗎？」阿琛疾聲呼叫著我，急切地拍打牆壁。我怎會聽不到？我也嘗試開口回應，無奈在水中只能發出模糊的叫喊。

突然傳來「砰嘭」聲的噪音，克仔強行扯走掛在牆邊的滅火筒，使勁用它鑿開牆壁。

「紫羅蘭，我們一定會把你救出。」阿琛暗暗地說。

「欸，你們看！」克仔激動地呼喚著。

牆上出現了一道微細的裂痕。然後那道裂痕不斷延長、延長，緊接著水泥清脆的斷裂，是一塊塊碎石，從牆上剝落下來。

隱藏在水泥背後的，是一道灰色的門。

門上沒有任何裝飾或條紋，只有一個銀灰色的金屬門把，上面有道門鎖，感覺堅不可摧。

阿琛立即湊上前研究門鎖，大家都不知道密碼，便決定從「000」開始測試每一個數字組合，直至試到能把鎖打開。

洋洋負責轉動數字圈，阿琛則是把數字鎖用力拉住，克仔在門旁不斷摸索著，看看會否找到其他線索。

「阿琛！」洋洋惶恐地捏住她的手，只見她手中的門鎖，銀灰色慢慢轉淡，在逐漸地消失！洋洋當下加快動作解鎖，門鎖很快便會完全消失，到時候錯失了找到我的良機，再也追悔莫及。

克仔衝上門前，在門鎖消失於無影無蹤前一刻，全神貫注地用手緊緊裹住門鎖……

眼前一片朦朧，他們的身影被黑暗所籠罩。

黑暗之中，竟有一束亮光。我以為自己出現了幻覺，那光點逐漸在擴散。在這片汪洋的盡處，能看見的就只有那不明的發光物。

是一道遙不可及的門。

無阻我繼續沉淪，成為埋在深處的屍骸。

我慢慢睜開了眼，眼前一片敞亮，沒有海浪，也沒有不斷重播的回憶，只有鎢絲燈泡微弱的澄黃光芒，還有被塗鴉的牆，一切似乎恢復之前的「正常」。

我嘗試從濕滑的地面緩緩起身。我應該是昏迷了好一陣子，才會連這樣簡單的舉動，都感到困難。

剛才的海浪，使我的衣服都濕透了，一陣冷意在身上竄走。

「紫羅蘭！」是克仔的聲音。他從後面支撐著我，讓我坐起來。我以為自己在夢中，但又同時看到阿琛、洋洋和克仔——這是真實嗎？

「我們能找到你，都要歸功於洋洋憑直覺知道了你位置。」阿琛說。

「從科學上來講是有可能的。因為人的腦電波是會相互感應的，磁場也是相互作用的。但只是有可能。具體要看想念程度，腦電波和磁場強不強大等。除非對方是重要的人，否則一般可能性不大。」

洋洋聽到克仔的回答，注視著我的眼神便變得更加複雜。

「在門鎖消失之前，克仔握緊門鎖，把門打開了。看到你躺在地上昏了過去，地面的水一滴滴在瀝乾。」阿琛簡述找到我的經過。

「克仔，你到底是怎樣解開門鎖的？」我好奇地問著。

「沒甚麼，不就是些三腳貓功夫，並不是每一次都可行的，如果仔細去看數字密碼鎖，會在數字圈和鎖之間的縫隙見到一條刻線，然後……」克仔開始詳細地解析鎖的原理。

「你能走嗎？」阿琛擔憂地望向我。

「勉強可以。」克仔連忙把我扶起，向牢房房門走去。

如果說那些跌跌宕宕的回憶是海，會掀起大風大浪，會讓你遇溺垂死，會攻城略地帶來傷害，會讓你一夜之間長成大人的樣子，會讓你挫折和氣餒，甚至恐懼……那麼不離不棄的友誼，是湖吧？

縱使沉浸在其中，也會覺得平靜而安心。

邁出了這曾對我萬般折磨的房間，心中豁然開朗，也有種窩心暖意，驅走噩渾，點亮了我。

我有預感，面前的未知，將會為我們帶來更多痛苦。但只要我們在一起，互相扶持，就算有多大的難題都會迎刃而解。

【霖・病房】

「——砰！」

這下心跳聲特別響亮。

霖聽到自己的心跳聲，跳得越來越快。她捂住左胸，呼吸隨之變得急促、虛弱。

「霖？」霏溫柔的聲線成為了鎮定劑。雖然仍能清晰地聽到心跳聲，但感覺心跳已稍微緩了下來。

擁抱中的兩人，有著一模一樣的樣貌。

「心……跳得很快。」

「你快坐下休息！我去給你倒杯水喝。」這時一個身材高挑苗條，皮膚白皙的女孩走上前關心她。

「予妍，謝謝你。」霖看著予妍的眼神帶著感激。

此刻關切的問候，是實在的。

第四章——

迴

劉心　蔡哲妍

【紫羅蘭】

我們逃出去了。

走廊映入眼簾，在不充足的燈光下，顯得可怖而陰森，令人毛骨悚然，蜿蜒覆蓋著我們。

本該雀躍的我們，此刻卻靜默無聲。到底我們所經歷的，是怎麼一回事？本來溫暖的家，一夜間變了模樣。我們該怎麼辦？面對眼前的一切，我們不知所措。

要離開我們的家嗎？還是我們要找出被困背後的真相？

「只要找到其他人，或許就能知道發生甚麼事，誰是幕後主控，將我們四個關在這裏。」阿琛分析下一步的策略，與之前在歇斯底里的她，判若兩人。

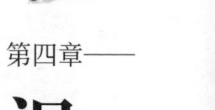

「只是，現在的病院，屢次讓我們陷入危險之中。要保證大家的安全，現在要認真想的，是如何才能逃出這裏吧？」她黯然道。

「真的要趕快逃，不知道為甚麼病院變成了這樣。」克仔的語氣很不安。

是的，它真的變了，陌生而熟悉。那個曾經暖暖的家，那個曾經象徵一段窩心友誼的病院，冷了，暗了，變了，如滄海桑田般。

「九個小黑人外出吃飯，一個噎死還剩下八個。八個小黑人熬夜到很晚，一個睡過頭還剩下七個。」

——剎時間那段童謠劃過了我的腦海，冒出一個念頭：九個人指的是我們嗎？我們是否正如童謠所唱，一個接一個地陷入危險之中？九人的臉孔在我腦中逐一浮現。當看見那最年幼無邪的臉孔時，心立刻如鉛塊般下沉。

想起榛子，不知道她情況如何呢？童謠帶來的不安在我心中滋長，想起方才的經歷，我心中暗暗為榛子感到擔憂。

是我胡思亂想了嗎？

「我們去找她。榛子。」洋洋彷彿得知我內心想法，開口道。原來世間上真的會有那麼一個人，即使不把話說出口，也能心意相通，似是靈魂的接通。

「欸，你們竟然成功救出紫羅蘭了！不得不說，我還真的感到挺意外……」一把聲音突然出現，故作正經的語氣掩藏不住當中的亢奮，這聲音的主人，正是我們的「院長」——瑤瑤。

她是過度活躍症患者，「院長」只是我們予她的一個戲稱。但是，我們最近總是只聽見她的聲音，看不見她。而且她性格跳脫，來去如風，像在和我們玩捉迷藏。

「瑤瑤。」我故作鎮定地說，生怕她很快就會消失。面對亢奮的人，最好的應對方法就是保持冷靜。

「我們究竟在哪裏？其他人呢？」

「你們的臉色怎麼這樣差？咦？紫羅蘭，你怎麼全身都有水呢……」瑤瑤的聲音在走廊間迴盪。

「克仔！你……是不是沒有好好照顧她！」

身上濕漉漉的，我冷得不住顫抖，克仔脫下身上的外套，披在我肩上。

瑤瑤逐一向我們「問候」，未有正面回應我的質問的意思。

「瑤瑤，回答我們。」阿琛、克仔也沉不住氣了。

瑤瑤哼哼唱唱的稚氣童音稍停片刻，又驟然爆出一陣高頻率笑聲。

「你們這麼緊張幹嘛啦！你們剛說要找誰啊？」

我猶豫了片刻，昔日的九個人已經不復存在了，哪些人該找，哪些人不該找，我也沒有答案。

「我們要找榛子，還有你，你在哪裏？」克仔堅定的語氣給了我一注穩定劑，只要我們在意的人都安全，就足夠了。

「我在哪裏？這你們就不用知道了。至於榛子，說不定你們可以藉著一個遊戲找到她呢，嘻嘻！」

「提醒一下你們，這個遊戲可以多出現一個人唷！」瑤瑤壓低聲音，刻意製造神秘感。「猜到了嗎？四角遊戲。你們知道吧？」

聽到這四個字，我心裏咯噔了一下。

四角遊戲，是在一個完全漆黑的長方形空間內進行，四個玩家各站在一個角落，遊戲開始時，其中一個角的人就沿著牆壁向另外一個角走去，拍一下前面那個人的肩膀，並留在那個角落。接著，被拍的人就按照同樣的方法向另外一個角走去。走的方向必須是一致的，而且整個遊戲過程不得說話。如果走到一個沒有人的角落，就咳嗽一下，繼續走向下一個角，以此類推。

遊戲可怕的地方在於，當我們長時間都聽不到咳嗽聲，就代表，每一個角都有一個人。可是往往我們還會聽到腳步聲，那麼就證實房間裏，已經多了一個「人」……

「多出來的人，如果不是榛子……」克仔聲音略帶擔憂：「那我們就糟糕了。」四角遊戲會招魂，而且第五個「人」的到來總是悄無聲息。若是幽靈附身或加害於我們的話，後果將不堪設想。

「四角遊戲這麼危險，現在不想再冒險了。」阿琛同意。

想到此處，我不禁懷疑瑤瑤是否是將我們迫到困境的人。

「瑤瑤，是你做的嗎？」克仔問。

瑤瑤的語氣帶著不耐煩：「你們信不信我都好，聊這麼久了我很無聊，我要走了。哼！」

聽著她無辜的聲線，我卻不能判斷，到底她還是不是那個昔日信任的朋友？

「別！」阿琛大喊一聲。來不及了，瑤瑤的聲音在走廊不斷重複著，直到化為烏有。

「不就是玩遊戲嗎？來啊！」情急之下我衝口而出，只見三人詫異的目光不謀而合地投落在我身上。我後悔了，但我想，除了順從瑤瑤的意思，我們別無他法。

「你！說！的！哦！」瑤瑤的聲音重現，帶著不尋常的興奮。我只覺不妙，卻鬆了一口氣，只要瑤瑤在，我們就有一絲希望。

「你想清楚了嗎？」克仔沉下了聲。

「唉……還有別的辦法嗎？」我無奈地嘆了口氣，心裏是沒有底的。

「從來沒有一個真正的人，因為四角遊戲而出現，那第五個『人』，往往都是幽……」克仔的話還未說完，就感到周遭環境開始轉移。流動的空氣忽然僵住，現在該是處於密室。長廊燈光黯淡，但此刻環境更是伸手不見五指，估計我們已經處於四角遊戲的長方形房間。

房間的黑暗和安靜彷彿會吃人。

「克仔不用擔心這麼多，好玩就可以了嘛！既然你們已經知道玩法了，那麼讓我帶領大家來個短短的聲音導航。」

原來瑤瑤可以控制這裏的環境。腦海不受控地一直重複著克仔的話——「瑤瑤，是你做的嗎……」我想，如果牢房乃至走廊可以隨著瑤瑤的想法而變動，那麼她是禁錮我們的元兇的可能性不低。

這個遊戲不似有任何玄妙的地方，我們在明，操控者在暗，我們要扭轉局勢基本上沒有可能，遊戲結果的決定權，始終落於瑤瑤手上。所以，我們現在參與的，是場孤注一擲的賭博。

轉念一想，縱然瑤瑤有時瘋瘋癲癲，不明事理，可待我們是一貫的好，從未有過惡意。況且她根本沒有理由要囚禁我們，即便是當初分裂，她都置身事外。可能是疑心生暗鬼吧，不知道甚麼時候開始，我連對朋友都失去了信任。

但是，怎麼解釋充滿著我們各人恐懼的牢房呢？

瑤瑤興味盎然地說：「你們現在面朝我的聲源來。」瑤瑤的聲源指引我們四個到不同的角落。當她的聲音又一次消失殆盡，便聽到阿琛冷靜地說：「大家……待會兒你們要是見到榛子出來了，便大喊一聲，立刻停住腳步，不要陷入這個遊戲的漩渦。」

「好！」我應了阿琛一聲。

嗒、嗒、嗒、嗒……

第一組腳步聲響起，遊戲已經正式開始了，我靜下心來，只希望能儘快找到榛子，一起逃出這個病院。

那步聲細碎輕巧，應當是身形細小的洋洋。在這安靜異常的密封空間裏，這唯一的聲音雖然細微，卻予人無限的壓迫感。我心裏暗數著洋洋的步數。二十步。腳步聲停止，聲音的驟然停頓使我的心也隨之停頓片刻。然後是一聲輕拍。

咚、咚、咚、咚……

第二組腳步聲隨即響起。較第一組腳步更為放慢和沉重，估計腳步聲的主人是克仔。腳步聲越發逼近，我心裏的恐懼同步增長。我不是一個膽小的人，可是我怕，在甚麼都看不到的情況下，我們四個是完全被動的，沒有絲毫逃跑的餘地。

我強行控制呼吸，告訴自己不能自亂陣腳。我默默數著克仔的步伐。十三步。直到我感覺有人站在我後面。在可怖的氣氛渲染下，懸著的心卻依舊未能放下。

克仔靜靜地站在我的背後，手卻遲遲沒有觸到我的肩膀。他呼出的氣輕輕落在院服暴露出的後頸。聽著克仔呼吸的聲音，我慢慢冷靜下來。

隔著院服，我的肩膀被他拍了一下。

明明是意料之中的事，卻給我意料之外的感覺。

克仔可能感覺到我的恐懼，才會停留吧。

那下輕拍化作我邁開步伐的勇氣。

我鼓起勇氣向另一個的角落出發，估計是阿琛所在的位置。前行的瞬間，肩膀驟然冰冷，竟有一絲絲的不捨，那微小的勇氣也隨著溫暖消散，好像接下來的路只能自己面對。我驚惶地，一步一步摸黑前進，在恐懼和擔憂的支配下，身不由己地慢慢向前移。

當我的手觸碰到阿琛的肩膀，那強烈的顫抖讓我嚇了一跳。我知道，她跟洋洋一樣，都怕黑，因為在黑暗之中，最容易使她出現不真實的幻覺。

片斷的妄想，會一遍一遍地催眠她的心，讓恐懼無形地擴大。

但我還是感覺到她離開了我的手，無畏地向前進。

因為我們是一樣的，都想要找到榛子，想要跟榛子一起逃離危險。因為這份執著，哪怕前路再黑，我知道，我們也會堅持到底。

我留在了阿琛的角落，卻不禁回想起克仔拍在我肩膀的那一瞬間。

那一下，來得好輕，克仔手心的溫度傳遞到我體內，零點一秒的錯覺，彷彿沒有平日的粗魯，反而添了幾分溫柔。

那一刻，彷彿流淌的血失去了規律的脈搏，變得不知所措。

他如往日一樣，在我生命中的位置從未改變，從前他似太陽般燦爛得讓人睜不開眼，現在卻像漆黑天空裏的月亮，足以照亮我們漫長黑夜的人生。

第五章——

慄

黎卓琳　劉心
蔡哲妍

紊亂的思路很快被腦海裏突如其來的影像打斷。

我腦子裏彷彿轉換了另一個頻道，腦裏一片震耳欲聾的噪音，畫面是不斷跳格的灰色，光看也令人感到一陣暈眩。

畫面逐漸清晰，彷彿進了另一個空間，只有我和洋洋。就像之前所經歷的那個回憶的海，即使身在這個角落，也能看到、聽到洋洋的一切。

「好可怕。紫羅蘭在哪？跟我一樣懼怕？」聽起來那個呼喚我的人好像就近在咫尺。

房間本來就很黑，憑著腦海裏模糊不清的片段，我不能辨認洋洋的位置。

卻感到自己手指隱隱生疼。

在伸手不見五指的環境下，我仔細地摸著自己的手，沒有發現任何傷口。那痛感是來自洋洋的吧？身同感受的情況也不是首次發生。是洋洋咬傷自己嗎？洋洋的確有咬手指的習慣。如果是這樣，那麼他受的傷我也能感覺到。

「流血了。」洋洋麻木且亂成一團的腦海浮起這幾個字。

「血好像有點多。」指縫間黏黏糊糊的。

到底為甚麼我和洋洋有時候能心靈相通，甚至感同身受？這些問題我無暇顧及。

腦袋深處某一個角落，我看到身形瘦弱的洋洋崩潰地緊抱著自己縮成一團挨在牆角。洋洋本就怕黑，讓他處於一個全黑的密室裏，不許任何人在他身邊，是那樣的殘忍。

我閉著眼睛，竭力把注意力聚焦在洋洋可憐的小身影上。彷彿在接駁天線一般，靠著心靈感應，接受來自洋洋的一點點訊息，可我能接收到的只有混亂和痛苦的片刻。

對於洋洋的現況。我既是心痛，更多的卻是無助。只希望阿琛能儘快走到他的角落，給他暫時的陪伴和安慰，哪怕是只有一兩秒，起碼讓他知道，我們在，我們陪著他。

或許是受到洋洋思想的羈絆，我的心也變得煩躁不安。

好亂。

每一秒都是焦灼的等待。

等待，腳步聲停止的那一刻，遊戲停止的那一刻。

嗒、嗒、嗒、嗒……

可是腳步聲依然未停，無盡。

我渴望那聲音驟然消逝，渴望儘快見到榛子，渴望一切儘快結束，可是遊戲就是無可抑制地進行著，心裏的希望慢慢泯滅。

是我的錯嗎？讓我們四個參加了一個沒有可能的遊戲，讓我們四個沉溺在恐懼中。

不對……

我好像想起了一些東西。

遊戲可怕的地方在於，當我們長時間都聽不到咳嗽聲，就代表，每一個角都有一個人。可是我們還聽到腳步聲，那麼就證實房間裏，已經多了一個「人」……

我們期待的不應該是腳步聲的停止而是——

咳嗽聲。

我迫自己冷靜下來分析。遊戲由洋洋開始，他走到克仔的角落；取代克仔的角落，然後克仔走到我的角落，取代我的角落；如此類推，我取代阿琛的角落。那麼阿琛應該會回到洋洋本身在的角落，但洋洋已經走到克仔的角落並取代它。所以原本洋洋的角落，是無人的。如果，這個房間只有四個人，阿琛應該要咳嗽，再走到洋洋現在身處的位置。

可是她走了那麼久，遲遲沒有咳嗽聲，只有腳步聲。

此時腳步聲驟然停止，一聲清脆的輕拍在鴉雀無聲的房間響起。

在咳嗽聲出現之前，不應該有輕拍的聲音。

那麼……

「停！」我大喊一聲。我們期待的第五個人已經出現，遊戲即可終止。

房間依然是黑壓壓的一片，深邃的，濃烈的。

隨著遊戲的結束，本應整個房間都變得明亮。但他們卻仍然在漆黑中，我依然看不見阿琛、克仔和洋洋。

長久的黑暗中乍然曝出一個光源。一束微弱的光源，閃爍著，流瀉出一個人的身影，由弱變強。

或許因適才長期處於黑暗的環境之下，眼睛沒適應過來。我只覺刺眼，瞇著眼睛嘗試適應，一堆朦朧的光點仍覆蓋著視線周圍。

從遠處看到一個模糊輪廓，及肩的長髮，明亮的啡色眼眸。那種熟悉的感覺，讓我一下子認定了，她就是榛子。

冷淡的聲音響起：「我是栗子。」

知道那個模糊身影是栗子後，我暗暗叫苦。

榛子是多重人格障礙症患者，有兩個人格。兩個分裂的人格擁有不同的姓名、年齡、性格和喜好。主人格是十五歲的樂觀少女榛子，而第二人格，亦即是眼前出現的人格，叫栗子。栗子素來冷漠，對別人充滿懷疑，要說服她跟我們一起逃走，恐怕要費一番功夫。

「你以為你看到我了嗎？不，你們還未看見，真正的我。」我正思考著，便被這突如其來的話嚇了一跳。

栗子的聲音像是被風扯散的雲絮，在耳畔漸弱。身上的光悄無聲息地消散，她高瘦的身影漸漸在我眼前消失。

想叫停她，來不及，留不住。

那影像如劃過天際的流星，稍縱即逝。

【霖】

如往日九人的相處，霏和予妍關切的問候帶給霖滿滿的溫暖。

想到這裏，恐懼突然湧上霖的心頭：身邊的人都一個一個地離開，現在只剩下霏和予妍了，如果沒了她們……

最後就只剩下她一人。

「我只有你們了……你們不會離開我的吧？」她努力想擺脫心中的不安，急切地想得到一個確實的承諾。

霏緊緊地抓住她的手，想要給她一份安全感，說：「放心吧，不要想太多。」

有力的聲線中，語氣還是一貫的溫柔，此刻卻變得陌生。

不要想太多？這，不是霖想要的答案。

予妍打破了她的沉默，似是下定了甚麼決心。然而，她並沒有回答，反拋出了一個問題——

「霖，你還恨著她們嗎？」

這句話中的試探太明顯了，一切已經不言而喻。

「阿霖，不要恨。」未待回答，予妍又說：「是我們都錯了，才會令這段友誼破裂。」

在霖眼前，霏和予妍的面容扭曲了起來。那抹關切溫暖的微笑藏著刺眼的虛偽。

霖嘴角的笑容緩緩的收斂起來，眼眸微微的垂下，指腹輕輕的摩擦著杯沿。她微笑著搖搖頭：「不知道吶，恨不恨誰知呢？況且，她們現在已經與我無關了。」

沒了昔日柔和溫暖的笑容，霖神情有點冷，強迫著自己掛上無所謂的笑，竭力忽略內心的恐懼，卻仍無阻那名為猜忌的種子在心中一點地肆意滋生成長。

心裏卻是忍不住的暗暗盤算：誰會真心待我呢？在病院，能信賴的人已經所剩無幾了？誰會一心一意的、無條件的留在我身旁呢？

此時，一個女孩的面容悄然竄入她的腦海——榛子。她，坦率自然，心地單純，沒有一點虛偽做作，看不出一絲算計，給了她一個最完美的答案，在霖的腦內揮之不去。

霖、阿琛和榛子，是這三個人，開始了這一段的友誼。或許是因為後面加入的人越來越多吧，榛子就像慢慢褪色一樣，在九個人的圈子裏逐漸淡出。

榛子卻沒有像阿琛一樣指責。恍惚每次霖一回頭，都會看見她，默默地守候在霖身後。

「榛子。」霖輕聲呼喚這久違的名字，牽起一絲淡淡的懷念。這個曾經熟悉不已的名字，此刻說出來，卻有點陌生和奇怪。

每次想起她，霖也不禁會心微笑。霖在心中暗暗決定，要找到她。

「我想去找榛子。」霖說。

正當她想著，眼前不知從何處出現一張面容，與腦海裏天真無邪的榛子重疊，可是那雙淡褐色的雙眸中卻不帶一絲溫度，冷漠孤傲的眼眸洞悉一切般地注視著霖，身上冷冷清清的氣息，叫人移不開眼。

「榛子？」霖問道。

「哼！」少女嘴角扯起不屑的笑，銳利的目光把霖從上到下打量了一遍，「她不在呢。或許再也不會出現了。」不知為何，冷淡的語氣比記憶中的更添了一份嫌棄。

「是栗子。」予妍很快反應過來。

榛子的主人格愛笑，因此站在眼前的，只有一種可能，便是與榛子主人格性格截然不同的副人格，栗子。

「可是我想找的是那個一心一意待我最好的榛子啊。」霖心中一陣失落。

「隨你。我本來也不是要來這裏的。」說罷，栗子轉身就要離開。

「榛子發生甚麼事？她怎樣了？」霖急切地想要抓住有關榛子的一點線索。

榛子原本生活在幸福美滿的家庭，後來父母雙雙失業，她便淪為父母的「出氣袋」，被關在房間裏肆意棒打，甚至用熨斗在她身上燙下一個個無法痊癒的傷疤。

她因此留下了無法磨滅的創傷。

榛子的心理創傷，除了是因為父母的虐待，更因為她無法接受原本愛護自己的父母變成傷害自己的施暴者，心裏恐懼與絕望交織。在一次又一次的虐待中，漸漸分裂出栗子這個人格，用來逃避現實。

栗子是為面對暴力而生的。在她冷漠的表面下，藏著兇殘的因子。若觸及她最底的防線，她甚至會產生暴力傾向，做出危險的行為。由於這個人格過於危險，榛子被關進了這個病院。

栗子沉默地盯著霖，那一雙琉璃眸子看得她心裏發慌，彷彿在她的注視之下，心裏最深處的陰暗心思都一絲不掛地裸露在空氣中，受人審判。

霖竭力維持著臉上的不動聲色，隱藏眼底那過於明顯的慌亂無措。然而，剎那的心虛已經被銳利的眼神捕捉到了，此舉更是欲蓋彌彰，像笨拙的小丑一樣可笑。

栗子臉上揚起一抹冷笑，當中蘊含說不盡的嘲諷。

「不愧是個被害妄想症患者。看見我，你很失望吧？」栗子把頭髮撥到背後。「你想要的不過是一個永遠站在你那邊，不論對錯盲目支持你，不會傷害和離開你的傀儡而已。所謂的安全感，也不過是你自私的想法吧。可憐的榛子被你遺忘了多久，傷心痛苦了多久，你知道嗎？她和琛一樣，被你的自私狠狠折磨。而你想起她了，不過是意識到只有愚蠢的她，才會心甘情願地留在你身邊，不離不棄罷了。」

栗子說著，臉色沉了下來，聲線也越發冷漠：「很可惜呢！你，不會找到她。」

第六章——纏

黎卓琳　楊皓雯

霖眼前的栗子面容扭曲起來，眼眸變得渾濁，彷彿有甚麼在裏頭翻滾，淡褐色的眼珠子越發猩紅。她鬼魅一笑，亮出了鋒利的獠牙。

「你這個魔鬼，別想過來傷害我！」恐懼不知不覺地向霖襲來，從腳尖蔓延到全身，如洶湧的大浪，把她淹沒至窒息。

「霏！予妍！救我！你們看見嗎？她想殺了我！」霖全身乏力，「咚」的一聲跪到地上。耳邊沒有魅惑人心的輕聲細語，也沒有令人畏怯的刺耳怒吼，但她仍用力地把雙耳捂上，彷彿這樣就能隔絕那可怕的魔鬼。然而極端的恐懼令霖只能睜大雙眼，盯著眼前的魔鬼。她求助般地望向身後二人，任由淚水奪眶而出。

她們面面相覷，不知所措，然後目中的冷靜轉為惶恐驚慌。

「霖！你冷靜一點。」霏緊緊抓著她的手。「你發病了。這都是幻覺！不要怕，這裏很安全，我們都在，我們會保護你的。」霖看著她們手忙腳亂地想要安撫自己的情緒，更是萬分無助。

「我沒有病發！這不是幻覺！她是想要拆散我們的魔鬼！相信我，難道你們看不見她邪惡的獠牙嗎？」她們眼中有濃濃的慌張關切，卻同時有著對霖的話語的否定。

「你們都不相信我，認為我說的都只是瘋言亂語嗎？」霖越發激動。

「我那麼信任你們，你們卻只願相信那個長著黑色翅膀的惡魔！不是說無論發生甚麼，都會永遠陪在我身邊，相信我支持我嗎？多麼可笑！」

當時的霖或許不知道，那刻她的面目有多猙獰可怖，宛如徹頭徹尾的瘋子，卻又在極力蜷縮著身體，像是誤入狼群的可憐小兔，嚇得渾身瑟瑟發抖，狼狽又脆弱不堪。

她竭力逃避心中的恐懼，腦袋混亂得不能思考。

予妍突然驚呼出聲：「怎麼了？怎麼回事？」

一波未平，一波又起。

周邊的燈光閃爍起來，每一次的明滅都會令光線暗了一些，地板劇烈地震動，搖晃得讓人站不住腳。更可怕的是，牆壁和天花板忽然移動起來。

她們趕緊縮在一角，看著病院的移動變形，栗子則是沉默地站在原地，冷漠地觀察事態的發展。燈光慢慢變得黯淡，然後完全熄滅。在一片漆黑中，她們三人只能站在原地。隨著四周天搖地動，轟轟作響，緊扣的手被迫拆開。霖試著伸手把她們重新拉住，卻只撈到冰冷的空氣。

忽然，霖被無形的壓力迫到牆壁上，後背緊貼著牆壁。向前走了數步，卻依然離不開。這詭異的狀況，使她只能不斷走動，如踏上跑步機一樣，直到碰到面前的牆壁才停下。

她們被黑暗蒙住視線，看不到病房內的一切於瞬間消失，被白牆取替，片刻間變成一個密室。而四面牆壁同時向內推，使房間縮小。地板從中心往外擴張，把霖和其他兩人不斷往牆上推。本來站在房間中央的三人，被伸延中的地板分別推至三面不同的牆。

當一切燈光恢復正常，原本的病房已經消失不見，取而代之的是一個陌生的神秘空間。亮起的燈並不是本來病房的白燈，而是柔和的橘光。

這是一個正方體形的房間，由六道純白色的牆構成，堅固的牆壁上沒有任何的出口。不但如此，除了三人和燈之外竟空無一物，儼如空盪盪一個箱子，而困在裏頭的人偶，在不知不覺中被換上白色的衣裳。沒有逃走的出口，就連空氣的流動也是靜止的，充斥著說不出的詭異和濃濃的壓迫感。

身處在這樣的空間內，令人感受到精神上的壓力，心情變得焦躁，快要喘不過氣來。

「怎樣才能做到剛才的效果？本來的水泥地板用不了數十秒就換成了木地板，牆壁的窗戶和裝飾都消失不見，而且也沒有門，顯然是一間密室。」連一向聰敏的霏都無法解釋剛才的情況，霖的腦袋似是被強行停止了運作，連剛才澎湃的情緒也戛然而止。

當她們還在迷茫中，這怪異的空間卻起了變化。三道鐵閘從地上猛地升起，劃分出三個獨立的牢房，三人分別被囚在了每道鐵閘後。

那道冰冷牢固的鐵閘就在眼前，而背後緊貼著的則是那潔白的牆壁，在狹小的空間內就連轉身也不容易。出奇的是，面對這樣無法解釋的現象和突如其來的囚禁，本來驚慌失措的霖卻變得異常冷靜，甚至稍感安穩。或許是透過鐵閘的縫隙，能看見分別被困在了左右兩側的霏和予妍。又或許是因為那惡魔——栗子，消失了。

兩個牢房面對面，這樣的排列使三個牢房形成了一個「凹」形。

「現在是甚麼情況？」霏一臉困惑地問道。

「好啊！現在連病院都瘋掉了，或者這樣的病院才適合我們吧？竟然變出了一間不知所謂的房間。哈哈！我開始期待下一個瘋掉的東西了！」患有反社會人格障礙的予妍又為異常的事而興奮。

「到底是病院在變形，還是這一切只是暗藏在病院裏的機關呢？」霏嘗試分析現在的情況。

「三位親愛的院友，很苦惱吧？哈哈哈！我是你們美麗動人的瑤瑤院長呢。還記得我吧？悄悄告訴你們，要走出這個密室，就必須要運用你們驚人的智商，破解機關。成功通關才能獲得一線生機哦！」瑤瑤突然莫名其妙出現了一會兒，又瞬間消失得無影無蹤。

「隨便吧。這個密室挺有趣的，我們開始吧！」予妍喊著。

霏斜看著莫名興奮的予妍，無奈二字盡顯於臉上。

此刻的霖又不淡定了。正面向著霖的那道牆發生了變化：數百顆釘子突然從牆上冒出，密密麻麻地排列在純白的牆上，黑白密集地交錯，看得人起雞皮疙瘩，升起一陣噁心暈眩感。

霖強行穩住心神，嘗試觀察釘子的排列，只見在近底部的位置，有一顆拳頭大小的鐵球，卡在了其中四個釘子中間。

這時霏和予妍也發現了這個狀況，一時間，陷入了沉默，空氣中只剩下彼此交錯的呼吸聲。

數分鐘過去了，她們依然毫無頭緒。

面對再次冷清的氣氛，予妍忍不住鼓噪，霏則來回踱步，努力思考著。半晌，霏似乎發現了甚麼異樣，不斷四處張望。

「你們不覺得奇怪嗎？這房間沒有任何出口或窗戶，卻和空調病房同樣清涼，我甚至感覺到絲絲的涼風吹過。你們感覺到嗎？」霏認真地說道。

「說起來好像也是，房間涼颼颼的，也許某處有個通風口吧！我就說了，其實蠻好玩的嘛！」予妍立刻興致勃勃，到處仔細搜查。

霖聽到後也嘗試尋找風的來源。但密室不是太寬闊，而且幾乎沒有雜物。環顧一圈就能看完，牆壁沒有半個孔洞，天花板也不見一絲裂縫，根本沒有值得調查的地方。

這時，霏蹲了下來看著地板，又把手放在地板的上方。

「霏，怎麼了？地上有些甚麼嗎？」霖看見便立刻問道。

「我剛剛走過這角落，忽然感覺到從地板吹上來的一絲涼風，風是從縫隙裏透出的，板子下可能是個通風口！」霏雀躍地指著地板，看起來像個蓋子，的確可能是通風口。

說罷，霏立刻掀起板子，原來期待的表情卻全然消失，神情盡是困惑無奈。

「不是通風口啊。」霏失望地說，「但有一卷鐵絲。」

「鐵絲？」有個念頭從霖的腦內一閃而過。

「釘子牆……有點像小學數學堂上的幾何釘板……」霏喃喃自語。

「巨形幾何釘板！就是它！」霖恍然大悟。「也許我們試試用這鐵線在釘子上繞出圖案……」

霏肯定地點了一下頭：「到底是甚麼圖案？一點線索也沒有。」

這時牆上浮現出一個若隱若現的圖案。

「應該就是它了吧？」霖語氣中有點激動。

「我甚麼也沒有看到……」予姸顯然不相信她。

「我們這個角度應該是看不到的，只有在正面才能看到吧？有點像那種三維印刷照，隨觀察角度的不同閃現出不同的照片。」霏彈指間已破解出箇中的原理。

「那行！霖，你來指揮吧！我準備好了！」予姸躍躍欲試，似乎對這個遊戲很感興趣。

霖面有難色，說：「那個圖案是三個環環相扣的圓形，可是我們只有一條鐵絲啊……」

「霏，把鐵絲拋給我。」予姸靈機一動。

霏不明所以，但還是照做了。霖心中暗暗好奇她的計劃。

只見她手起刀落，一條鐵絲轉眼間被硬生生掰成了三段。

霖和霏面面相覷，隨即被予姸簡單粗暴的操作弄得猛地狂笑，幾乎停不下來了。

然而，真正操作起來卻十分困難。三人之中，霖距離釘牆最遠，偏偏只有霖才能指揮出正確的繞法。

她倆向釘牆靠近，便把手從鐵柱的縫隙中伸出來，儘管有點吃力，還是勉強碰得到牆上的釘子。

「怎麼觸電了？難道這些釘子還有電流的嗎？那就更有趣了！」予妍的手條件反射下縮回來，但眉頭都沒皺一下。

「你們小心點。」霖出聲提醒。

「第二行右面數起第六顆。」在霖的聲音導航下，手握鐵絲的予妍把右手伸向第一顆釘子。位置所限，她只能單手在釘子上用鐵絲繞上一個固定圈。也因為縫隙稍窄，僅僅足夠讓手穿過，為繞鐵圈的動作添上了一定難度。

「下一行第五顆……再下一行……」予妍漸漸找到了繞鐵線的竅門，順利地完成了第一個圓形。第二個圓，依樣畫葫蘆，開頭的一半對她們來說完全沒有難度。只是這時候，予妍的手顯然已經不夠長了。不論她怎麼努力，還是扣不著位處牆中央的釘子。

「把鐵絲的另一頭拋給我！」霏喊道，同時把手伸長。

予妍應聲行動，霏成功接住了。「不要！」霏不敢置信地看著手中的鐵絲，原來鐵絲在轉交的過程中鬆脫了，半圓也不見了。

霏無奈地把鐵絲拋回去，重新開始第二個圓。

「來！不要緊的。第一行第十顆……」說時遲那時快，又重新繞出了半個圓。這次她小心翼翼，輕手輕腳地把鐵絲拋出，過程格外小心。

三人一鼓作氣，隨著霏熟練地根據指示繞過一顆顆釘子，第二、三個圓快速成形。

在霏為第三個圓繞上結尾的固定圈的一剎那，整個圖案突然亮起來，有種溫暖的淡黃色光芒。三個環環相扣的圓形，發出耀眼光彩。不知為何，霖突然不想逃了，她想，留在只屬於她們三人的世界也不錯……

這時鐵閘緩緩上升，退至剛好她們走出來的位置。她們又聚集在一起了！她們誰都沒有話說，只是緊緊地抱在一起，看著牆上的鐵釘消失不見，不留一絲痕跡。

這時，被鐵釘卡住，一直被她們忽略的那顆鐵球，隨著釘子的消失，重重地掉落地上。

「原來鐵球上刻有我們用鐵絲圍起來的圖案，只是它卡在牆上的時候我們看不見而已。」霏走到鐵球旁，專注地看著。

「這鐵球該有些重要的作用，畢竟我們經過一番努力才令它掉到地上，可我想不到這球會有甚麼特別作用。」霏總覺得這鐵球至關重要，但又想不出個所以然來。

「把它拿起來吧！總比在這一動不動好。」予妍已經按捺不住，只想儘快突破困局。

衝動的予妍沒等她們回答，伸手就抱起鐵球。

「可惡！太重啦，搬不起來。」予妍經過幾番嘗試，依然搬不起鐵球，便失望地鬆開了手。

再次陷入僵局時，地上的鐵球開始緩緩滾動。她們很快就得知鐵球滾動的原因，因為地面竟漸漸傾斜，完全沒有停下來的意思。這空間又一次出現變動，卻沒有像剛才般漆黑，也沒有劇烈的搖晃，只是十分平穩地旋轉著。

隨著房間不停向左傾斜，三人開始無法站立，卻沒有任何可以抓住的東西，無可避免地滑到牆壁上。

「霖小心身後！」霏突然對霖喊叫。

霖轉頭一看，本來安靜待在牆腳線的鐵球，正急速地向她的方向滾來。千鈞一髮間，霖飛快地轉身，順利躲過鐵球。

「碰！」鐵球下秒鐘就在霖身旁閃過，猛地撞到牆壁上。

房間旋轉的速度漸漸慢了起來，她們也慢慢找回平衡，試著靠牆站立。房間終於停下，原來的天花板變成其中一道牆，在霏那邊的牆壁現在卻成了地板。

第七章——

懸

黎卓琳　胡凱盈

【紫羅蘭】

我們只能眼睜睜地，看著栗子身上最後一點餘光，消逝耗盡。

一時間，空氣靜默了，只能聽見微弱的呼吸聲。

我們想過遊戲中榛子會何時出現，又有想過假如看見她，該如何帶她一起逃走，卻沒有想過結局竟會是如此。一切都只是徒勞。

無力感，油然而生。

身處於這個雲譎波詭的病院，我們的一舉一動似是無法由自己掌控，只能乖乖地等待下一步指令，任人刀俎。

漆黑。

此時我們仍位處於四個角落，我強忍著焦躁不安。此刻我已無暇回想栗子的消失，心中滿滿都是對洋洋的憂慮。

縱使遊戲結束了，可是腦海深處，洋洋還是緊緊地縮成一團。當一切寂靜下來，我閉上雙眼，專注地投入在那只屬於我倆的角落。

【紫羅蘭・意識】

這是一種奇怪的感覺。

在腦海裏，我正緩緩走向角落處的洋洋，小心翼翼地把手伸向他微微顫抖著的肩膀。

把頭埋在臂彎裏的他，在觸碰的那一刻，剎然抬頭。我被他突如其來的舉動嚇了嚇，在措手不及的瞬間四目雙投。我恍了一個神，剛碰到他的手卻並未挪開。

相顧，無言。

誰也沒有急著開口，任由彼此在靜默中對視。

也許是現在的他內心十分脆弱，一切防備都被解開了，我卻驚覺自己對他從未了解。那眼珠中翻騰，我不明瞭的、陌生的情緒，還有我從未見過的、如此模樣的洋洋。然而，這雙眸又是那麼熟悉，眼底中留著一如既往的溫度，他仍是那個陪我幾經風浪的好朋友。

「朋友」，這個詞背後，是最熟悉的陌生人。

我茫然之際，緊緊注視著洋洋，雖然並未說過一句安慰的話語，但掌心的溫度似乎穿過衣物，傳遞到他的心坎。我感受著手下的肩膀慢慢停止了顫動，看著他眼中失控翻滾的旋渦續漸變得平靜，一直被無形的擔憂捏住咽喉的我也鬆了口氣。

【紫羅蘭】

確認洋洋安然無恙後，我睜開雙眼，又回到了一片黑暗，還是那房間。我又再闔上眼睛，卻看不見洋洋了，好像剛才腦海中的場面，只是我一個人的憑空幻想。

空間內還是一片死寂。

漆黑中，我們失去了光的指引，只能漫無方向地胡亂探索，竭力伸出手向前方的未知探去。感受到空氣在掌心流動，卻遲遲未感覺到那期待著的溫度。

直到……

指尖輕輕擦過了甚麼，我恍然一驚，連忙踏步上前，一點點地試探著。

指腹間，是金屬的觸感。

愣神之際，手指觸碰之處突然發出淡黃的光。我望向四周，驚覺剛才的空間已經消失，此時我們再次回到了走廊。透過微弱的光線，我依稀看到了身旁的朋友，他們臉上寫著同樣的困惑和迷茫。

是三個發光的籠子。

光線刻畫出一道明顯的輪廓，與本來伸手不見五指的走廊形成鮮明的對比：那是三個以鐵鑄成的籠，周身籠罩住羸弱微光。

三個圓籠環環相扣，每個籠中分別困著一個人；而三個籠內圍的空間，成為了一個籠中籠，共囚禁著四個人；面前的籠裏，正是我自己。

我拭了拭眼睛，不敢相信眼前所見的「我們」——無論身高、樣貌、衣著都是一模一樣的，就像鏡子裏的影像般逼真。唯一不同的，是他們都是緊閉著眼睛，筆直地站立，臉上沒有一絲表情，恍如一個個機械人。當我看到被重重圍困的另一個我，感到極其的詭譎怪異：這一個我，到底是誰？

克仔和阿琛顯然也是驚訝得瞪大了眼睛，而洋洋則是死死盯著眼前那個「洋洋」。

我們各自站在另一個自己面前，一聲不吭，神情呆滯又不知所措，有著說不出的不安。

病院裏為何出現了一模一樣的我們？他們是人嗎？是誰把他們關在籠子裏？在病院裏發生的一切異常，似乎都有人在背後暗中操控。

以目前情況來看瑤瑤是最有嫌疑的，但是她這樣做又有何用意？

懷疑的種子落在心田中，逐漸萌芽，但我隨即不再想這個問題。此刻我們就是扯線布偶，舉手投足都不過是別人手中的一個把戲，我們要做的就是安分地配合演出，在一旁靜靜觀看劇情發展。我想要的答案，在結局之前都是不會揭曉的；既然如此，我何不靜心等候呢？

我把注意力從他們三個身上移開，重新投回眼前的「我」身上。是機械人嗎？仿真度真不錯。連我那引以為傲的長睫毛也模仿得一模一樣。

我在仔細端詳著面前的「我」，正欲伸手觸摸時，「我」瞪大眼睛，凝視著半空，眉宇間多了一分殺氣。伴隨著的，是鐵籠毫無預兆地發出紅光，四周都變得一片灼紅，無不預示著危機將至。

緊接著的，是一把平靜得使人窒息的聲音：「紫羅蘭。」是我自己的聲音，在我耳邊低聲喃語。那個酷似我的人，竟開口說起了話。

是誰？

「我是原原本本的紫羅蘭，那個永遠樂觀向上、帶給人正能量的紫羅蘭。」

我心中驚愕，原本的我？

「對。我和你，是一模一樣的存在。」

為甚麼我明明沒有發出半點聲音，她卻好像看穿了我的心事？

「沒錯，我本來就有讀心的能力。你知道嗎？我才是那個心細如塵、細察入微的紫羅蘭！」

她看我嚇得反應不過來，便繼續說下去：「有抑鬱症的你憑甚麼取代我存在，你憑甚麼用悲傷把我困在籠子裏？你不是早已厭倦自己了嗎？你不正常。正常的是我，沒有抑鬱的我。」

我故作鎮定地說：「你說我們是一模一樣的存在，如果我不正常，難道你正常？」

「不，你錯了。我沒有抑鬱症，我沒有你的懦弱。」她繼續說著：「你不想承認嗎？你不是也渴望擺脫抑鬱症的魔爪嗎？」

心事被一語道破，我想要倔強地開口否認，卻發現自己無力辯駁。

「被我說中了，對吧？你看看自己，明明內心已被憂鬱折磨得千瘡百孔，潰不成形，卻又一廂情願地想要成為別人的依靠。『沒關係』、『沒事』、『我很好』……難過又不作聲，孤獨又不承認，只有不必要的鬱苦，不斷與自我爭辯。你不覺得多餘嗎？」

她的質問帶有諷刺的口吻，句句戳中我內心最脆弱的地方，似乎是衝著要擊垮我而來的。她說著說著，鐵籠由上到下逐漸褪去，此時已經到了腰間的高度，她俐落地跨過了鐵枝，一步步逼近我。

「你也想隨時隨地掛上微笑，當朋友的樹洞吧？其實你，也想當個正常人對吧？」

我垂著眼眸，靜靜地聽著她一一道出，在我心底中深深埋藏的每一個秘密，苦苦隱瞞的每一個想法，最渴望的、最懼怕的、最絕望的……

隨著她的手抬高，我感到一股無形而強勁的力量將我拉起至凌空，像是用了一枚枚鐵釘，把我死死地釘在空氣中，動彈不得，任人宰割。

我放聲大喊，而我的喉嚨卻瞬間被緊緊捏住了，竟發不出一點聲音來。

「讓我來取替你吧！我會做個樂觀積極的紫羅蘭，不再需要隱藏自己的憂鬱。」

在她的彈指之間，我的四肢像痙攣一樣，不受控制地扭曲起來，關節間傳來陣陣疼痛，似是將要把我的手腳扭斷。

「我恨！恨你不比我好，亦能取代我存在！」她的手指在半空中一劃，同時，我的手臂上出現了一道相同長度的血痕。我惶恐地四處張望，一片慌亂混沌中，對上了克仔的目光。另一個「我」

不停在劃動著手指，一道又一道長短深淺不一的血痕在我身上出現，在手臂、在小腿、在後背……每一道新的傷口，都帶來了皮開肉綻的痛楚，繼而擾亂了我的思緒。看著鮮血從傷口如泉湧般流淌，我卻束手無策，只能眼睜睜地看著它染紅了我的衣服，一滴滴灑在地上。

克仔彷彿聽見了我內心徬徨和無助的吶喊，在我的身旁，緊緊地捉住我，崩潰地向另一個我喊停。我有點訝異地看向克仔，卻見他眼中神色有不同以往的自信，瞳孔被哀傷的濃霧所彌漫。這個眼神我太熟悉了，每當抑鬱來襲，心情都會忍不住地越發低落沉重，就連眼睛也會被裝上灰啞的濾鏡，看到的世界也黯然失色。

只見他逞強地揚起嘴角，似乎是為了使我放心，竭力強顏歡笑。

然而我的心卻狠狠地抽搐了一下。

現在的狀況並不容我多想，一直施加在頸上的壓力從無減退的跡象，身上傷痕纍纍，隱隱作痛，空氣越見稀薄，我的生命一點、一點地在耗盡。

我張開嘴用力呼吸，又感覺到脖子上的力量加大。我不斷扭著身子，想要擺脫這可怕的束縛，但是掙扎只會使我身上淌著血的傷口傳來更強烈的痛楚。面前的「我」並沒有真正觸碰到我，她掌心有種莫名的力量，把我完美地凌空禁錮起來。

懸掛在半空中的我已是筋疲力盡，索性閉上眼睛放棄掙扎。

若是說我真的徹徹底底地絕望了，倒也不——我渴望著能當個被依靠、被信任、可以分擔別人心事的正常人。若是那個「我」能取代我的存在，讓這個內心暗黑的我消失，那也挺不錯。

——不，唯獨你不可取替。

也許我已經神智不清了吧，腦海裏傳來一把虛無縹緲的嗓音，這次卻不是洋洋，而是克仔。下一秒，脖子上的力量突然消失了。我睜大雙眼，看到克仔右手一記重拳狠狠地落在「我」的手臂。「我」吃痛地收回了手。

突然失去支撐的我從半空中急劇墜降。

我撞向地面，預期中的疼痛並沒有出現。我連忙爬起來。

是克仔用自己的身體墊在我身下，才免了我落得粉身碎骨的下場。

見我毫髮無損，他深深地呼了一口氣，緊握的雙拳也放鬆了。

以我的重量，他一定很痛吧。忽然又想到剛才鼻息間全是他令人覺得安心的氣味，與平日的他有著妙不可言的反差，卻又不覺違和……我只覺耳尖微微的燙了起來。

剛剛腦海裏的聲音……是幻覺嗎？

第八章——

克

黎卓琳　胡凱盈

寥寥幾聲清脆的掌聲響起，另一個「克仔」帶著嘲笑，說：「好一場老套的英雄救美！」

他似乎有意挑撥克仔的怒意。

克仔逕自衝上前，每一拳一腳都向另一個自己攻去。

只見「克仔」既巧妙又沉靜地避開每一下攻擊，這反而使進攻者更見心急，每一次衝動又混亂的出擊都令他漸落下風。

焦急的我站在一旁看著，這種狀況下，就算我多擔心他的安危，我也不能加入打鬥，成為他的牽絆。

最後兩人都虛弱不堪，各自倒在地上，無力掙扎。克仔身體多處擦傷了，臉頰上亦布著斑斑血潰。「克仔」勉強地站了起來，拖著沉重的步伐走到他面前，展露出一個勝利者的笑容。他彎下腰，得意地說：「你贏不了我的。」

只見克仔仍不肯服輸，掙扎著從地上爬起來。

「看看自己真正的一面吧，你能接受這樣的自己嗎？」「克仔」嘴角勾起一抹邪笑。

四周的光線瘋狂地閃爍起來。前一秒走廊被照得煞白，下一秒已轉為無盡的黑暗，黑白迅速地交替，詭秘的氣氛充溢滿室。

我心中暗叫不妙，只見克仔額上冒汗，嘴唇輕顫，無力地抱著頭蹲在原地。

「克仔」臉上掛著一抹邪笑，準備一步步擊潰他的內心、摧毀他的靈魂。

他微微抬起左手，空氣中的光線突然無聲地改變了折射的方向，匯集在一起，形成一重重幻影。能改變光線製造幻影，看來是「克仔」的特殊能力吧。

影像在他眼中如動畫般播放，不斷強迫克仔重溫當時的痛苦，對他無疑是種精神上的折磨。

那段他甚少提及的往事——他恐懼的原因。

那天。

他與家人外出，不幸地遇上車禍。一輛大型貨車失控地撞向了他們的車，電光火石間，車身迎來了重重的撞擊。這一撞，奪去了坐在駕駛座的父母的性命，只有克仔僥倖存活下來。短短的一晚內，他失去了世上最愛他的雙親。

那時候，有人在旁邊安慰他，他卻咬著牙關說：「我沒事。」說的時候，肩膀微顫的樣子，我知道，那是一種獨屬堅強的人又隱忍的憂傷。他們不想讓這傷心和絕望氾濫，用力地壓制它們。

這比嚎啕大哭的放縱，更讓旁觀者心碎。

被強行壓抑的絕望，終在他的心中留下躁鬱症的傷疤。

對面的車頭燈發出刺眼的光，深深烙印在克仔的腦海中，留下不可磨滅的恐懼。

閃爍的光，如同此刻面對的光線。

我知道他一直死死堅持著的心理防線逐漸崩塌，傷透了的心早已潰不成軍。

「這樣的你不堪一擊，一直也克服不了這個恐懼，真是懦弱。」「克仔」面帶嘲笑。

看到驚慌失措的克仔，我走到他身邊，默默地看著他，甚麼也沒有說，只把手搭在他的肩膀上，輕輕一攬，把他圈到懷抱裏。雙手蓋住克仔的眼睛，不願他再受到刺激。

在我手掌的掩蓋下，他仍顫慄不止，我只能以身軀阻擋從指縫中透出的光線。

只是此時，我再感受到剛才那股無形的力量在極力撬開我的手指。我知道那是另一個我與我不斷抗衡，欲阻止我的行動。

一直囤積的感情，像是一座蓄滿了洪水的河堤，突然引出一條洩洪的管道，決堤而出。一向堅強的他，第一次顯露出自己的軟弱。

——我好討厭這樣的自己……患上躁鬱症永遠是我最大的弱點。

——懦弱嗎？相比起你，我不是更懦弱嗎？每一次我在絕望中快要堅持不下去的時候，都是靠著你把我拯救，逃離一切荒謬。每個人都有懦弱的一面，你我都不例外。

我在他的耳邊淡淡地說：「你就是你，我才不在乎你是否有躁鬱症，只要你仍是你。」

——我還以為，你也不會接受這個軟弱的我。

克仔的後背突然猛烈地抽搐起來，在他的心底積壓已久的壓力終於衝破喉嚨，化作一聲讓人心痛的嘶吼。

我感覺到他的氣息緩了下來，身體停止了顫慄，靜靜地伏在我肩頭。

他驟然撥開了我的手，咬緊牙關，毅然面對著明滅不定的燈光，那個長久以來的恐懼。

「滾開！」克仔竟沒一絲退縮，反而拼命地出拳揍打「克仔」。

趁「克仔」不留神之際，他一巴掌俐落地摑在「克仔」的臉上。只見「克仔」的全身在褪色，化為點點亮光，一瞬間在眼前消失至無影無蹤。克仔身上的瘀青和血漬也在褪色。

原來有時我們恐懼某種事物，告訴自己不行，只是我們為了逃避的藉口。人一旦下定決心，所擁有的力量就能無限放大，心理關口一旦成功被跨過，所有的恐懼亦能在彈指間迎刃而解。

這種決心從何而來？

某些時候，為了保護身邊重要的人，縱使軟弱，仍會選擇不顧一切地堅強起來。

趁我分神之際，「我」又再試圖伸起手捏住我脖子，我這次當然不會讓她得逞，迅雷不及掩耳之勢走到她面前，用盡全力把她扳倒在地。

我居高臨下地看著她，見她又試圖舉起那隻具操控力量的手，便一腳踏在她手上，使她動彈不得。

看著她猙獰的掙扎模樣，我嘴角上揚，像是聽到甚麼笑話般。「我不需要他來救我呢！也許抑鬱的我總是需要別人的幫助，但你忘了，我和你是一樣，我也不是那麼弱。」

「對，我很討厭患上抑鬱症的自己，很想當個正常人，每天正能量滿滿地生活著。可是悲傷的我又如何，不也是好好地活著嗎？若不是這樣的我，我絕不可能遇到對我不離不棄的朋友。我告訴你，從今天起我會接受，接受渴望當個正常人的自己，同時也接受這個不完美的自己。」

「所以，過去的紫羅蘭，謝謝你讓我知道自己原來一直受困於過往，對自己的種種耿耿於懷。我會把你放下，學習去愛、去疼這個不完美的我。你，可以消失了。」

隨著我內心的釋放，我眼睜睜地看著自己身上的血痕一點點地復原，「我」在面前化作螢螢微光，融入我體內。

或許我們不接受自己，是因為害怕，害怕別人不接受殘缺的自己。於是將自己的缺陷用力隱藏，把最光鮮的一面呈現在眾人眼前。

經歷了牢房和這次的自己，我們知道恐懼會以唯恐避之不及的形態闖進我們的生活。每當恐懼的巨大陰影籠罩在我們心頭，表示我們正處於成長的關卡。

躲避恐懼就如不戰而降，但如果我們先行接納，並且嘗試克服，每一次戰勝它，我們就被淬煉得更加堅強。

我們最大的敵人和恐懼往往是自己，最惡毒的批評和審訊，都是來自對自己的不確定和缺乏安全感。

雖然有所畏懼，雖然會掙扎至淚流滿面，但仍有戰勝自己的信心，挑戰困難的信念，才是真正的勇敢。

四周燈光逐漸平定柔和下來，只見汗水濡濕了克仔的額角。

我們緊緊地擁抱在一起。生命的溫度，暖著彼此未能平靜的靈魂。

就這樣擁抱著，幾秒的時間像是在時間的鍵盤上敲了一下空白鍵。

克仔靜靜地放開了我，氣氛一時間呈現出有些羞澀的尷尬。我也低著頭有些不知所措。

擺脫了危險的我們，隨即將注意力轉移到阿琛和洋洋身上。

「別……別過來！」阿琛全身顫抖著，軟弱地蹲在地上，把頭埋在雙臂間。不知阿琛所經歷的，是否比我們加倍痛苦，所以仍然驚魂未定。

洋洋輕撫著她的額頭，慢慢扶起了她。我知道他在勉強支撐起自己，故作堅強去安慰阿琛。

阿琛臉上的表情寫著未消散的恐懼和憂鬱，洋洋則沉默地站在阿琛身旁。至少他們都沒有像克仔和我一樣明顯地受傷。

——你接受了自己，那麼，你接受我嗎？

洋洋微弱的聲音劃破腦海中的一片空白迷茫，我一時反應不來，只及留下一句：

「走，我們快離開吧。」

病院一直在變，我們也在變。

【霖・內心】

轉動的密室、卡在牆壁的鐵球、還有不明其意的圖案，究竟有何關聯？霖想起剛才和栗子發生爭執，腦子裏像一團亂線纏繞著解不開，凡此種種都使霖心力交瘁。

「你們覺得栗子會不會在外面？也許就是她把我們困住，在外面看著我們作出無謂的掙扎，我們無論如何也無法逃出這裏……」

「我們一定能逃出這裏的，逃出後就去找榛子，好嗎？」霏看著絕望的霖，緩緩地向她走來，就如以往無數次的安慰一樣。

霖微微抬頭，斜看居高臨下的霏。看著面前完全相同的容貌，縱使受到安慰，更多卻是難過。

予妍嘆了一聲，走過來蹲在霖右邊。她嘆了口氣，她們都選擇時時刻刻陪伴，她還埋怨些甚麼呢？

「剛才，你們覺得我說的一切都只是妄想嗎？」霖的眼眸中，閃爍出晶瑩的亮光。

霏和予妍都默不作聲，她不禁生出疑心。

有時候，霖多麼渴望自己是個正常人，那麼她的話就會有人願意相信。

沒有精神病纏繞，沒有過多的疑慮，沒有朋友會受不了。

為甚麼我身上全是缺陷？這問題霖已經想過千萬遍，仍然得不到答案。

霖疲倦地沿著牆壁滑落到地下，雙手緊緊抱著垂下的頭，任由思緒侵蝕自己的腦袋。

也許，真正的問題，不在於她是否「正常」。

第九章——棄

楊皓雯　蔡哲妍

【霖】

前方傳來兩對整齊的腳步聲，霖、霏和予妍三人猛然抬頭。

她們三人凝視著牆壁上的圖案，剛才的釘子似是幻覺一場。突然，牆上竟泛起圈圈波瀾，兩個分別跟霖和予妍一模一樣的女孩，面無表情地從牆中穿出，步伐一致地向她們迎面走來。

霖立即看向站在左邊的霏，她怔怔地站在原地。霖又劈頭看向右邊的予妍，她瞪大了眼睛，炙熱的目光落在另一個自己身上，呼吸變得急促而不平穩。

霖站了起來，場面上三人極為相似，恍惚她看到另一個霏。

「你的朋友一個一個受不了離開你，最後只剩下不真實的幻覺與你作伴。就是因為你的被害妄想症，你才會落得如此下場。」「霖」忽然開口說話，語氣平淡，話語卻一針見血，如刀刃般刺進最深的傷疤。她嚇得再次縮回牆角，冷汗直冒。霏立刻擋在前方，把她拉到自己身後，緊緊握著她的手。

——不要相信她，你還有我。

不知為何，霖彷彿聽見霏的聲音。沒錯，她至少還有霏。此刻霏細小的背影似乎放得無限大，如一道堅實的高牆，為霖擋去一切的傷害。

「即使有霏的保護又如何？你依然擺脫不了你的精神病，依然需要別人的慰藉。你以為她能永遠在你身邊嗎？你猜她會喜歡神經質、脆弱的你，還是不用別人安慰、正常的我呢？」「霖」帶著一抹邪笑盯住霖。

霖再次聽見霏的聲音。

——我一定……

霏的聲音消失了。她原來緊握著霖的手亦無力地垂下。正當霖在疑惑地看向霏，卻見她眼神空洞，彷彿失去了靈魂。

她的眼裏沒有霖。

「霏！你怎麼了？怎麼不回應我？」剛才短暫的安全感消失殆盡，霖失去了最大的心靈支柱，心裏徬徨無助。

「現在你明白了嗎？失去依靠的你，是多麼窩囊。你知道嗎，霏喜歡的還是正常的我。被害妄想症的你不值得擁有這麼體貼、願意為你賣命的朋友。」「霖」以勝利者的姿態走到她面前，湊近她的臉。

「走開！別過來！」霖狼狽地拉著沒意識的霏，吃力地向角落逃去。

霏卻甩開她的手，向另一個「霖」走去。

「你去哪裏？」霖嘗試把霏拉回來，卻發現自己的腳動彈不得，只能任由她走向「自己」，牽著「霖」的手走開。

頓時失去倚靠的霖迫切地想要找到予妍。就像個瞎子般，拼命地尋找導盲手杖。霖驚恐地看向旁邊的予妍。此時，她正怒視「予妍」，「予妍」也以挑釁的眼神回應她。

霖嘗試伸手拉住予妍，渴望得到安全感，可是她這時卻在作勢向「予妍」揮拳，「予妍」輕易避開她的攻勢，兩人互相撕扯扭打起來。

予妍粗暴地用手臂夾住「予妍」的頭，另一隻手捂住她的嘴巴，激動地在她耳邊說話，臂中的

「予妍」不斷掙扎，臉色逐漸發紫。

霖無奈地重新看向霏。

「霏，你知道那是誰嗎？」「霖」故意問她。

「她？」她的眼神緩緩落在霖身上，然而昔日眼裏滿溢的關愛和溫暖一掃而空，跟看著陌生人無異，霖忍不住打了個冷顫。

「我不認識她。」那句話，說得那麼輕鬆和淡然，卻重重打在霖的心上。淚水充盈了霖的雙眼，淚光綴飾在眼角。

霏目光再次回到「霖」身上。眼裏重新注滿溫度和笑意，對她說：「你才是我的雙胞胎妹妹。」

「你知道其他人在哪裏嗎？自從那天吵架以後就沒有再看見他們了。不如我們去找他們談談？回想起那天，某人確實有點過分。」霏認真地向「霖」提議。

「過分又如何呢？那人總思索著別人如何傷害自己，錯的總是別人，自己永遠就是被背叛、離棄的一方。為何不想想她破口大罵時，面目猙獰的樣子呢？」深知「霖」所指的是自己，霖的理智竭力叫著自己不要被影響，卻無法阻止種種雜念闖進心裏。

霖無力地看著，霏目光沒離開過「霖」。二人的對話使霖又再憶起從前。

前所未有的背叛和孤單籠罩著霖。

霖以為，霏會一如既往地，在她最孤立無援的時候，無條件地站在她的身邊。

昔日最親近的人，現在卻視她若無物，這刻她如身陷冰窖，伴隨著恐懼的不再是可怕的幻覺，而是刺骨的寒意。

「他們根本不需要這個有病的你。」「霖」冷冷道。

這番話是衝著霖而來的。

難道因為控制不了的神經質，才令霏跟他們一伙，轉身而去？

那種無助的感覺誰又能理解？面對殘破的自己，這種缺陷讓人無能為力。

霖心底裏藏著一個小小的想像，想像自己能平凡地活著，有美好的校園生活，成為正常人。

曾經霖無數次幻想中的自己，如今卻活生生地站在她的跟前，在鮮明的對比之下，更顯得這樣的她如此不堪，她一向耿耿於懷的心事被無限放大。

霖深知自己無法成為她眼前這個完美的自己。

真如她所說，充滿缺陷的自己就不應該存在嗎？

與此同時，一個小小的疑問卻以鄭重的姿態在霖的心底緩緩綻開——我們究竟應以怎樣的方式

去面對

——殘缺？

霖強忍著心裏隱隱約約的絞痛，目光始終離不開對面那個跟她流著相同的血的人。

——霏，你拋棄我了嗎？

霏好像聽到她說的話，悠悠地轉頭看著她，不知道是否幻覺，有一刻霏眸子裏閃過一絲猶豫，霖確實感受到從前那份熟悉的溫度。

——回來吧，霏。你忘了嗎？你說要永遠陪著我的，那是你對我的承諾。

「怎麼樣？看見了吧。有誰會喜歡這樣的你？你自己也接受不了吧？」「霖」語帶諷刺。

「白痴，不要聽她說的話。」

這時予妍重新回到身邊，她臉色蒼白，額邊沾滿汗珠，嘴角卻帶著一抹勝利者的微笑。

「對面的『你』只是你內心渴望成為的人，她只是你幻想出來的完美的想像，可是現在的你才是真實存在的。霏是一時受到控制才會過了那邊。你別被敵人牽著鼻子走。」

霖再也忍不住了。

「夠了！我們都是一樣的！難道我不想當個正常人嗎？奈何我有選擇的權利嗎？我討厭這個病、

這個病院，可是它們帶給了我可貴的友誼。對！你說得沒錯。也許是我的緣故，她們才會離棄我！」說到這裏，當天撕裂的場景彷彿再次在她腦內重演。

「但那又如何？你說你是正常？到底如何才是正常？沒錯，我有病。可是，被害妄想症是我的一部分，你也只是我的一部分而已，不可能取代我，更不可能奪去我的朋友！」

霏看著霖的目光從猶豫一下子轉為驚訝，雙目不再被灰色籠罩，瞬間變得清澈。清醒過來的她不斷來回打量著二人，本來拖著「霖」的手也慢慢地收了回來。

「你究竟是誰？」從來沒有見過如此徬徨的霏，她不知所措地慌亂神情，刺得霖的心暗暗生痛。

「我是真正的霖，你的雙胞胎妹妹，你剛剛不是這樣說的嗎？一起走吧，我們去當一對正常的雙胞胎姐妹。站在我旁邊的，是個有精神病的人，她自私、懦弱，不配當你的妹妹。」「霖」拼命挽留霏。

「你閉嘴！或許你認為我需要依賴別人是件可憐的事，但正正因為有身邊的霏、予妍，因為有她們接受我的缺陷，我才能接受自己，我才有勇氣面對！」

「因為你，我意會到身邊人的珍貴。謝謝你，曾經完美的我。」霖終於大聲說出她所想。

不知為何，霖總感覺在某處，有某些人在跟她做著同樣的事。

「霖」聽畢露出一抹微笑，那竟是滿足的微笑？她漸漸瓦解成一束束凌亂飄飛的光點，似飛絮般再次聚攏在一起的時候，便不再是人形，而是化作了一個光球，與霖融為一體。

「或許你曾經做過一些錯誤的決定，可是我們一直在你身邊。你對我們來說極為重要，我們絕對不會傷害你。請你相信我們。」

霖看著一向喜愛造謠生事的予妍，一反常態地說出鼓勵的話，這並不符合她的形象，然而霖卻不感到奇怪，心中微微一暖。

此時，密室再次不動聲色地轉動。向前轉動後，有著圖案的牆變成了地板，鐵枝依然插在牆上，只是排列的方向有所不同。我們也不感到詫異，很快便適應過來，誰知第二次的轉動緊接而來，令她們差點跌倒。

密室的轉動終於停下了。

就在這瞬間，幾張紙從天花掉落。抬頭，能看見是從之前取得鐵線的暗格中掉出的。隨之掉出的還有一塊用線綁在暗格裏的石頭，懸在暗格下一晃一晃。

「似乎是利用石頭的重量推開暗格呢。」予妍猜測道。

予妍上前拾起那三張紙，霖也好奇地探頭去看。那是她們三人的合照，其餘兩張則是空白。

霖不由自主地嘆了口氣。在一直變換的亂境中，這相片如一條鎖匙，插進心裏久藏的箱子，緩緩轉動，讓滿載的回憶傾瀉出來。

經歷栗子的出現，霏的背叛，現實的迷離和未知，使過去的回憶更美好和真實。

霏和予妍的表情均流露出懷念。

「欸，你看看。」

霏忽然打破沉默，從予妍手中拿去那張她們的相片，瞇著眼睛舉起來，使卡片曝露在光源下。霖順著霏的視線看。開始還不覺有異樣，當用力瞇著眼睛看，發現白光下相片底面隱約有一個三環相扣的圖案。

「又是這個圖案？難道當中有甚麼玄機？」予妍好奇地提出。

霏輕輕地從予妍手裏取過其中一張空白的紙，它比一般卡片還要厚一點，有點像信用卡。

她用同樣方法舉起霖手中的卡，卻沒有任何圖案。

霏的目光落在地上的鐵球，準確來說，是鐵球上的三環圖案。她徑自走到密室對面的鐵球旁，把卡片的圖案和鐵球的對疊。

此時，牆上鐵環圖案所發出的淡黃光芒漸漸變得黯淡，最後完全熄滅。

霏茫然看著鐵環。

「不過解開提示不代表能離開，這密室究竟要把我們困住多久？」予妍想著她們在這密室裏所做的事，沒有一樣能引領她們逃出這鬼地方。

予妍一腳踢在鐵球上，想宣洩一腔悶氣，鐵球居然在地上緩緩滾動。剛剛集三人之力也搬不動的鐵球，竟被輕易推動了。

然而，鐵球沒有像預期一樣停下，反而繼續在地上滾動，如有無形的力量在推著它。但突然，鐵球毫無預警地驟停，面朝她們的三個圓形像相機的光圈葉片般打開，開出三塊鏡片。鏡片緩緩射出三束光，匯聚成一個平面，恍如科幻電影中的投射屏幕。

「屏幕」的左上角顯示著他們九人的名字，每個人的名字旁分別有一個心電圖以及一組數字。只有瑤瑤的名字旁沒有。

左下角是個數字鐘，從左到右，由年份至分鐘甚至秒順數著。奇怪的是，數字鐘所寫的年份竟然不是二零二零年的現在，而是二零三五年的未來。

而右半邊則寫著密室和牢房，旁邊標示著一個計秒錶。

「密室是指我們所在的這密封空間嗎？據我所知病院裏並沒有牢房，當然也沒有這密室。那麼右邊的列表是否指那些本來不存在的地點呢？」予妍嘗試分析屏幕上的資訊。

「我跟你的想法一樣，可是……」霏眼睛緊緊盯著屏幕。

良久後，她小心翼翼地伸手，點在屏幕上瑤瑤的名字。然而「沒有權限」四字卻從屏幕上彈出，還伴隨著刺耳的「嗶嗶」聲。顯然這投射式的屏幕就如平版電腦的觸碰式螢幕，能以手指觸碰操作的。

霏蹙眉。

對於人物「沒有權限」，那麼地點呢？

霖嘗試點進「密室」一欄，那四字並沒有出現，取而代之的是一個視窗，分別有「返回」、「結束」以及「修改」三個選項。

「如果選『結束』的話，這個密室可能也會結束，換言之我們也可以離開啦！」看來短暫的失落後，予妍又恢復到平日的狀態。

「試試看吧。」霖故作平淡。說實話她心中同樣興奮，但同時亦怕會是再次的失望。

點下「結束」後，密室果真開始消失。原本死實的牆壁漸漸變得透明，牆壁外仍然是霏的房間。

霖好奇地觸摸消失中的牆壁，卻只捉了一把空氣。不消半分鐘的時間，囚禁著她們的密室便徹底消失，那空間似乎不曾存在，一切都化為泡影。

唯獨握在霏手裏的照片和卡紙逃過灰飛煙滅的命運。

看著熟悉的房間，白皚皚的被單，該有的明明是重獲自由的喜悅，但剛才的螢幕畫面卻為她們留下一個個謎團。

一直生活在病院裏的她們，算是擁有自由嗎？

但不管如何，她們總算逃出了。

第十章——茫

楊皓雯

【紫羅蘭】

日子，如往常一樣平凡。

理應亦如往常的我們卻都心不在焉。

深夜裏，在無盡的噩夢中徘徊。

睡夢中，我看到克仔把另一個「克仔」撲在地上，四周燈光不停閃爍。我又夢到，在一片黑暗之中，洋洋縮在牆角瑟瑟發抖，手指頭盡是點點血珠。

噩夢纏繞著的，不只是我，還有我們四人。

夜，不能寐。

或許，我們都覺得那些半夜縈繞腦內的畫面，不是噩夢，而是真實發生過的記憶。

還有，我開始遇到許多不能理解的情況。

睡覺時，聽見門外傳來腳步聲，而且愈來愈近。起初還以為是阿琛，然而打開房門後，卻誰也看不見。當我踏出走廊探頭張望後，想要退回房內時，卻駭然發現自己離房門有好幾米的距離，只是走前一步，根本沒可能遠離房門。這瞬間移動的感覺竟有些熟悉？

昨天，我和克仔坐在操場的椅子上。才剛坐下，克仔竟然一下子出現在操場另一端的椅子上，那是瞬間發生的事，我還來不及反應，眨了一眼，在那長椅上的克仔竟然消失了。我轉過頭來，才發覺克仔又再次回到我的身旁。我和他的眼神對上，他的神情告訴我，他亦有同樣感覺，只是眨眼間消失的是我。

接下來的事，更證明了我所夢的是真實。

午飯時間過了一個小時，阿琛仍然沒有出現，於是我們決定一起出發尋找阿琛。

我們從頂樓往下走，走到最低層依然尋無所獲。難道我們有漏掉甚麼地方嗎？正想走回上層，卻發現走廊的盡頭有道半開的暗門。

我們沒多想就走了進去。

暗門後又是一道長長的走廊。我有種曾經身處這裏的感覺。我們帶著滿腹疑惑往前走，不久就在昏暗的燈光中看見站在走廊中央的阿琛。

「阿琛！」我大聲地喊，但她只顧盯著眼前的牆壁，沒有回應我。

我們走近她，只見她身旁有塊水泥，不明所以。到底這塊水泥從何而來？我的目光順著它向上移——一道碎裂的牆。

克仔蹲下了身，細視著牆上的裂縫。我們也探頭環視。

記憶如走馬燈晃過，我認出眼前的牆壁，正是他們把我從回憶海裏救出時，所鑿破的水泥牆。腦海裏出現的三張臉孔，還有那些畫面，全是真真確確的記憶。環顧這走廊，那天被困的情景歷歷在目，憶起在水中所看見的畫面。

「你們……都想起來了嗎？」阿琛轉過頭來，兩行晶瑩的淚水。這牆壁映著昔日屬於九人的回憶，有快樂、有傷痛。還有霖、霏和予妍，我怎能忘記你們呢？

突然，原本暗門所在的牆壁向我們推進，速度之快，必然會被撞至粉身碎骨。於是我們被迫著往反方向跑，可面前就是走廊的盡頭，我們，無路可逃。

這時，盡頭處的牆壁緩緩升起，露出窄窄的縫隙。沒有任何思考的時間，我們只能穿過縫隙躲到牆後的空間。剛好逃脫，緊追的牆壁便撞上半開的牆身，發出一聲巨響。

喘過氣來，卻發現自己置身一片白霧之中。慶幸濃霧只模糊了視野，我們還是能勉強看見對方。我們不斷揚手嘗試撥散濃霧，卻沒有任何作用，依然被迷霧包圍。

「我們在哪裏？或許已經不在病院了吧？」我看著無盡的迷霧，迷失了方向。

「現在要怎麼辦？」阿琛的眼淚似乎又要奪眶而出。我挽著阿琛的手，令她冷靜下來。一旁的洋洋亦顯得有些不安。

「病院已經不是當初那個安全溫暖的病院。與其嘗試走回病院，不如趁機逃出去吧。」克仔提出相當冒險的建議。

那其他人呢？如果扔下她們離開，我寧願留在這裏。即使她們不再視我為朋友，甚至討厭、憎恨我。

「霖她們……我們逃離後再找其他人幫忙吧。」克仔先看著我，再望向洋洋跟阿琛，看來是知道我心裏所想。

我們都同意克仔的想法，踏上了離開病院的路程。一直走去，沿途仍然是濃厚的白霧跟荒蕪的沙地。

身邊沒有時鐘或手錶，不知道走了多長時間。在沒有食物跟水的情況下，我們漸漸體力不支，於是決定坐在地上歇息。

藉著休息的時間，我試著回想當初入院的情景，腦內卻只有零星的畫面。越是回想，越是發現記憶缺損之處。才知道自己對一直以來生活的地方並不了解，甚至回憶也能被別人任意修改，此刻每一次呼吸都變得沉重。

休息不過一會，眾人都敵不過濃濃的倦意，漸漸入睡。在入睡之際，我隱約聽見那熟悉的聲音：

「最終還是不能逃出嗎？」

是瑤瑤。

我被瑤瑤冰冷的語氣震懾，如被噩夢驚醒般猛地睜開眼。眼前不再是一片白霧，而是灰濛濛的天花板。

我環顧四周，一切如此熟悉。

是我的房間？我回到病院？恐懼感並沒有像從噩夢中醒來後消失，反而越發強烈。我怕下一秒就要忘記剛剛的經歷，怕記憶再次被篡改，更怕回到病院的只有我一人。

我立刻跑出房間，看見他們都跟我一樣，從房間裏跑出來。

「我還怕回來的只有我，幸好你們都回來了……」繃緊的神經在看到他們後逐漸放鬆，懸著的心終於放下。

「我還以為是我的幻覺作祟，原來那是真的啊。」看來阿琛也聽到瑤瑤的話，而我和洋洋都點頭示意。

詭異的是，我們一直以為只有在病院，才能聽見瑤瑤的聲音，但這次超出了病院範圍，直接穿透腦中。究竟瑤瑤是何方神聖？她能隨時聽到我們的話，甚至有控制病院空間的能力。我不禁懷疑一切怪異也跟她有關，甚至是她策劃出來……

面對這個變幻莫測的病院，除離開外，我們別無他法。我們決定再次逃出病院。

第二次嘗試逃離，我們雖有備而來，但物資終究不能解除身心的疲憊，為了能觀察四周的環境，我們決定每次休息時都需要有一人醒著。

大半天過去，我們決定先休息。克仔自告奮勇地為我們看哨。

一覺醒來，居然再次回到病院。

「我明明睜著雙眼，可眼前的畫面卻一瞬轉變，眨眼間便回到這裏。看來只有一人入睡也會回到原點。」克仔解釋道。

逃出病院的難度再次增加。雖然如此，我們都有了共識。一個地方之所以溫暖人心，是因為一直共處的人和事，只要能在重要之人的身旁，哪裏也可以為家。

【霖】

密室消失後，留下一個個謎團，還有剩下的三張卡片。值得討論的是那投影屏幕。它記錄著病院裏的各種資訊，只要操控螢幕，就能改變病院裏的設施……就像她們利用這功能令密室消失。

基於權限的限制，她們不能任意改變病院的人和物。這表示，有人比她們擁有更高權限，能夠任意地操控病院的一切，也能夠時刻監視她們的一舉一動。

對此霖不禁反思，對於自己的人生，她又有多少權限？她注定終生不能體驗正常人的經歷。亦因如此，更顯得身邊的人珍貴，更顯得她不願她們離去。

思及此處，猶如再次進入一個由視線所建的密室，無處可逃。最近，霖總是在暗暗張望，想找出那人監視病院的方法，卻甚麼也找不著。霏和予妍都覺得是她病發了，對於現狀極度焦慮。

無時無刻的監視，使她們也開始受不了，最終得出一個無奈的決定：逃出病院。

逃出的第一步，是選擇出口。病院其實沒有所謂出口，而窗口都已裝上窗花無法拆除，戶外場所就只有操場。

於是她們以操場作起點。

但她們走了不遠便失去意識，醒來又回到病院。三人決定尋找其他逃走的出口，最終發現了最低層一條廢棄走廊的盡處。

令人卻步的是，出口外煙霧瀰漫，不能確認濃煙是否有毒。

猶豫之際，一股無形之力把她們推進煙霧之中。在濃霧中停留數分鐘後，不見有甚麼危險，便嘗試從這裏逃出病院。

這次她們並沒有失去意識，靠著所帶的糧食和水，走了數小時。除所需物資外，那三張相片和卡片霖都帶在身邊。休息時霖拿出相片觀看，誰知被霧氣沾染後，其中一張白卡片漸漸有了顏色，一個個熟悉的臉孔逐漸浮現。

原來那是九人的合照。

溫馨不再，看到將她拋棄的人，霖心裏盡是被離棄的孤獨與害怕。或許哪天，霏和予妍都要將她拋棄，那時還有誰在她身旁呢？

她多麼希望這一切都沒有發生，她們八人也沒有決裂，珍惜著彼此的友情。

現實沒有如果。

休息後，她們再度起行，發現濃霧散去了幾分，視野隨之變得清晰。放眼望去，仍是一片荒蕪。左邊遠處隱約可見幾個人影，隨著煙霧散去，身影漸漸可辨識。她們互相發現對方，慢慢走近。

她沒想到，他們會在此時再次遇見。

曾經的親人，如今的陌路人。

第十一章——

遇

蔡哲妍

【紫羅蘭】

此時我察覺濃霧漸漸散退。

三個模糊的身影從遠方慢慢向我們走來，如此的熟悉。

我深怕是自己的幻覺，於是轉身看看阿琛和克仔的反應。阿琛嘴巴微張，本來蔓上臉龐的睡意驟然消逝，呆呆地看著她們。

「霖、霏、予妍。」克仔的語氣平淡。

究竟我多久沒看見霖了？腦裏彷彿也有片濃霧，匿藏當中的回憶拒絕浮上意識表面，只是靜靜地潛伏於腦海深處。

眼前三個人影漸近，隱約看見兩個體態瘦美玲瓏的女孩牽著手，走到我們面前。我的頭隱隱作痛，想著，我應該以怎樣的心態面對她？那天的爭吵已釀成不可挽回的局面，但畢竟是曾經的朋友……

「紫羅蘭、克仔、阿琛、洋洋。」先說話的是霏。

或許是她略帶擔心和關切的眼神，使霖瞥了她一眼。予妍則只是草率地點了下頭。她們三人和我們一樣穿著簡單的院服，迷朦中，霖的手裏似是握著數張卡片般大小的紙。

我的心底泛起繁複的感受。

當天的爭吵將我們分了兩派，除了瑤瑤和榛子，眾人無聲地選擇了一方。

有一些東西，入了眼，入了心，就再也挖不掉了。

白霧重新籠罩著我們。

「我們走吧。」我和霏對望一眼，深知彼此都是在想方設法逃走，便開口說。

與此同時，一份對前路未知的迷茫，又浮現在我的心頭。

【霖】

「走吧。」

霖只見身旁的霏眼神中流露出複雜的心情，緊走幾步，跟上了我們的隊伍。不知不覺間，白霧再次籠罩。

看見四人，霖沒有預期中的高興和溫暖。激烈紛爭後的相遇，讓眾人不知如何溝通。

此刻空氣瀰漫著侷促。

「你們最近過得怎樣？」紫羅蘭主動打開話題。

「我們剛從一個密室逃出來，走進一片白霧後就見到你們了。」予妍簡短地回答。

「讓我講述一次我們的經歷吧。就在……『那天』之後，我們醒來後發現自己身處在一間牢房中，各自的囚房裏各有可怕之處，置我們於恐懼之中。逃出後沒多久便被瑤瑤安排玩四角遊戲，試圖要召喚榛子，結果榛子卻以副人格栗子的形式出現……」紫羅蘭擔當起解釋的工作。

「我們也見過栗子呢。她忽然出現在霖的房裏，就在霖還在驚慌時，房間竟然化作一間密室……」霏接話道。

話匣子被打開了，氣氛也漸漸活躍起來，彼此之間的尷尬消去了幾分。

唯獨霖，在眾人的對話中，總覺自己格格不入，一直默不作聲。

她靜悄悄地站在一旁觀察眾人，他們正陷入討論之中，一個接一個地說著話。沒有人對她的沉默作出一絲一毫關心或問候。

霖下意識看向身旁的霏──她最踏實的依靠。

雖然霏一直緊握她的手，可是她彷彿感覺到霏的心並不在她這裏。霏和他們總以奇怪的眼神交流，要不就把聲線壓得極低，像是刻意要令她聽不到他們的對話。或許霏不是故意冷落她，可是霏的焦點不完全在她身上的感覺一點也不好受。不久以前那個眼神空洞的霏不斷在她腦裏迴旋，甩不掉，揮不去……

霖不知道自己是不是過於神經質了，甚至到了草木皆兵的地步，她告訴自己要放輕鬆，但是紫羅蘭的存在，就好像一座大山的重量壓在心口，給了她無形的壓力。

那張她們九人的合照在她手裏，被手心的汗珠沾濕，微皺了起來。

猝不及防的相遇，讓霖不知所措。

若果此刻的相遇是重新開始的機會，她又是否可以把握這次機會，好好珍惜這段友誼呢？

可是，她也不知道自己該怎麼辦。

而霏和予妍，又會否繼續支持她呢？

她轉身欲問霏和予妍要怎麼面對他們，深知眼前的機會寶貴，而她卻一籌莫展。她心中仍存在顧忌，沒有信心自己能修補這段已經破裂的關係。

那是對於自己無法理解而造成缺乏信心。

或許，要維繫一段關係，她需要理解自己的錯誤，需要一點點的改變，可是這次，即使霖心中渴望著改變，想像著和好，她也無能為力——她始終不理解，甚至沒有真正嘗試過。

那天所有人都離她而去，唯獨霏和予妍願意留在霖身邊，她們便成為霖的依靠，她一直視她們為支柱，可現在她開始疑惑了。

「霖，對不起。」此時，阿琛悄悄走到她身邊。她突然的道歉打岔了霖紛亂的思緒。

霖猝然停步，與阿琛誠懇的眼神對上。她說得真誠而且堅定，絕不是虛假的客套。這句話，使霖頗為震驚。

霖怔怔地看著她，疑問清清楚楚地寫在她的臉上：你不是說我錯了嗎？為甚麼向我道歉？

霖藏起心裏的疑惑，默默點了點頭，以微笑回應阿琛。她斜眼望向身邊的人，本以為，大家聽到阿琛的道歉，也會像她一樣反應不來。

然而大家只在專心聆聽紫羅蘭說話。

霖忽然萌生一個自私的想法：如果自己因其他朋友而忽視霏，或許霏會重新注視她。

「……我們一直以來會間斷聽到瑤瑤的聲音，可是從來沒看過她。我們進入四角遊戲的原因也是她說我們這樣便會見到榛子……」此時霏和其他人的注意力依然在他們的對話上。

「沒關係，阿琛。」霖的嘴角扯起一抹笑容，放開霏的手湊近阿琛，霏卻沒有察覺，依舊一臉專注地看著紫羅蘭。霖負氣地圈住阿琛，笑容越發燦爛。

「琛，我好想你……」霖沒發覺自己說話時心裏的不安。縱然她心裏真的有那麼一點點的想念，但當真摯的情感被刻意表露，便如同披上了虛偽的面具。

「阿霖，不如我們先討論如何逃走，好不好？」阿琛察覺到霖的不對勁，輕輕掙脫霖圈住她臂彎的手。儘管霖的微笑有多燦爛，儘管她的擁抱有多溫暖，阿琛總是覺得，比起以前多了一分……複雜，心中莫名有陣寒意。

「我們先聽紫羅蘭說話好不好？」阿琛舉手投足間卻略帶疏離。

霖心中愕然，呆望著身前的阿琛。當天曾渴求霖的重視，現在卻把她推開。挫敗感向霖襲來：難道你不在乎我，不珍惜我了？這令霖在通往和好的道路上，漸行漸遠。她不知道的是，明明有著同樣想法的兩人，卻因一方對另一方過於了解，再次產生誤會。

「你先聽我說嘛……」霖放慢腳步，阿琛卻一直前行。霖用力扯一下她的手，她才施捨一次回頭。

後來霖放棄了，只是無聲地站在她們身後，無力地看著五個前行的身影，逐漸遠去。原以為重逢是一個重修舊好的機會，以彼此的陪伴彌補從前的過失，重回九人的美好時光。

只是時間不饒人，一去不復返。

大家依舊繼續前行。彷彿只有霖一人在回憶裏，不願離開。

霖認為他們不過是不再在乎了。

「霖，你還好嗎？」

紫羅蘭的聲音在走廊裏清晰地迴盪著。她「細心」地停下，讓霖能趕上他們的步伐。其他人也紛紛停步。霏彷彿此時才留意她被撇下了，稍帶歉意地回望過來。

經此一瞥，霖心中生出了複雜的想法——

是你，是你讓我眾叛親離，你仍沒滿足嗎？眼下我被拋離，你心裏不知有多高興吧。

原來紫羅蘭你是這麼的喜歡傷害我，一次又一次地搶走我身邊的朋友，凌虐我的心。

這次我聰明了，我發現我的病發不會有任何人在意。

「不好意思。」霖用力抑壓自己的不滿和怨憤，帶著抱歉的微笑以小碎步跑到她們那處。

「我們不清楚榛子是否也是和我們一樣被囚在這裏，她以栗子的人格出現後不久就消失了……」

克仔的話未說完，紫羅蘭腳下的沙土忽然變成流沙的狀態。

「紫羅蘭，小心！」克仔還未來得及扯走紫羅蘭，她的雙足已被沙完全覆蓋。她嘗試掙扎，但這只令她下陷的速度更快。

不知為何，一陣莫名的快感湧上霖的心頭。

「流沙！」沉默良久的洋洋忽然說話。

「怎麼突然會這樣？」霏眉頭緊蹙，接著喊：「紫羅蘭，你先別動！把手舉高深呼吸。」

「我記得以前在書上看過，墜入流沙最好讓他們抓住樹枝或藤蔓，讓她慢慢爬出來……」阿琛著急地四處張望。

「這裏哪會有藤蔓？我不管了！」克仔情急之下伸出手抓住紫羅蘭的手臂，試圖用自己的力氣把紫羅蘭扯出流沙。

只見克仔腳下的地面也瞬間變成流沙，他隨即開始下沉。

這次霏眼明手快，在克仔深陷前拉起他。

霖心裏突然翻滾起軒然大波，被破壞的安全感，無法自拔的恐慌。

——霏，為甚麼你要幫他們？為甚麼你忽然對我這麼冷淡，為甚麼你不在乎我了？

不能置信的，霏腳下竟也成了流沙。

「霏！」霖嘶喊著，卻只能無力的看著霏與紫羅蘭和克仔消失。

第十二章——玄

楊皓雯　胡凱盈

【紫羅蘭・意識空間】

慌亂間，一雙有力的手抓住了我的手臂，我心中升起希望，但腳下不斷下陷的沙子形成一種無形的力，把我扯進。在被完全埋住之際，腳下卻碰到堅實的地面，流沙如塵埃般在空氣中飄散，消失不見。

身旁站著的，是霏和克仔。

他的手仍緊緊的抓住我。

眼前的走廊和找到阿琛的很相似。連門的樣式、牆壁和地板的設計都一模一樣。

只見克仔湊近牆壁，指尖隨著牆上裂縫，勾勒出歪曲的線條。

「牆上的裂痕形狀完全相同。」看來他早已注意到這點。

我環視四周，這裏與病院的走廊還是有著明顯的不同之處。這恍如白晝的光線，與走廊漆黑的形象形成極大對比，比起之前的陰森、可怖，現在敞亮、蒼白。牆壁間蘊藏一絲迷離，疑惑重重。

我走向身旁的房間，嘗試扭動門把，它卻紋絲不動。

克仔和霏見狀嘗試開啟其他門。數秒後，「咔嚓」的一聲，克仔面前的門竟然被成功打開。我和霏立刻隨著他走進房間。

房內的擺設就如同普通的病房，簡單、樸實。唯一不同的是床邊的枱面放置了一張相片、一張病歷表和一本小說。

裱在相框內的相片是一張克仔和家人的合照。

霏好奇地拿起桌面的小說，翻揭著裏面微皺和泛黃的內頁——一張乾花書籤掉落，淡紫色的小花令紙張間散發平淡的清香。

那是我送給他的。

記起來了，我們初次見面的畫面，那段如夢般依稀的過去。

在那個時空，我和克仔進院前早已認識，當時還未患上躁鬱症的他，在我眼中是樂觀的、堅強的。

那天我悄悄地走到克仔身後，看見他低頭讀書的認真模樣，似乎沒有聽到我的腳步聲。我漸漸接近他，從他背後緩緩伸出手，把我自製的書籤夾在書頁間。

——那刻，我們的目光，對上了。

彷彿連呼吸亦凝止。

時鐘的滴答聲把我從回憶中拉回現實。本該轉動的分針卻無視一分一秒的流逝，在同一刻度間來回跳動。十七時四十五分零一秒。這不斷重複的一刻有何意義？

克仔疑惑地看著那份病歷表。

我好奇地湊上前，病歷表上克仔的個人資料、病歷等都記錄得鉅細無遺，唯一突兀的是照片中的克仔似乎成熟許多，眼神多了一分陰沉。

「這照片甚麼時候拍的？」我轉頭看向克仔。然而他沒有回答，眉頭緊鎖，眼裏盡是陌生和不解。

「我從來沒拍過這照片。將病歷記錄得如此清楚的人是誰？而且這份病歷表所寫的前半部分和我的病情吻合，但後半情況卻從未出現，就好像是……預測未來一樣。」他的語氣中，帶著一絲不安。

房內每件事物彷彿有著特別的意義，就如一個專屬克仔的百寶箱，存放著他的回憶，記錄他生命中的關鍵時刻。

「走吧，沒有甚麼好看的。」克仔的目光飄忽地遊移著，彷彿在逃避甚麼。語畢，他便走出房間。

我跟隨著克仔踏出房間。走廊的房間中似乎埋藏著不可告人的秘密，仍待我去探索。這種好奇驅使我在每一道房門前扭轉門把，嘗試發掘未知的領域。

又一道房門打開了。

走進房間，我看見的，是個熟悉的地方：那是我剛被送進病院時入住的房間，內裏的擺設竟和回憶中的一模一樣。床邊的小桌上，擺放著我的日記本。我愣了一愣，走上前翻閱。

只寥寥幾句，便勾起了往日的零碎回憶。在病院前的生活片段，似是被一襲濃霧籠罩著，朦朦朧朧……

回憶的畫卷在腦海中展開，我卻不願回顧過往的傷痛。放下日記後，我沒有遲疑，轉身離開了房間。

再次回到走廊。不知道那些門背後有甚麼，需要被緊緊鎖上。

「咔嚓」。

霏身前的房間一下子被打開了，血紅色的黯淡燈光溢滿一室，瀰漫著光怪陸離的氣息，似乎埋藏著不可告人的秘密。

這大概是「霏和霖的房間」吧？

房內的擺設都是重複的，中間像是有一面鏡子，左右兩邊看起來一模一樣，除了其中一邊有一幅照片掛在牆上：一對活潑可愛的雙胞胎在草地上玩樂。兩張白皙渾圓的小臉，一樣的笑眼、一樣小巧的鼻子，還有嘴邊的酒窩，從稚氣的面孔中仍能看出霏和霖的輪廓。

「好想念霖的笑容。」

霏小心翼翼地輕撫照片上的霖，雙眼裏盡是憐惜和感慨。

「小時候，任何事物，像期望和讚許，在我們的世界都是雙份的。不知何時開始，受到讚許的總是我，而達不到期望的總是她。種種事物變得不再對等。別人認為我能做到的，霖也可以，但事實並非如此。別人和自己的期望在霖心裏化成恐懼，甚至陌生人一個無意的眼神，亦足以令她胡思亂想。最終，她被折磨至失眠，甚至出現幻覺，被診斷患上被害妄想症。」

「當時我或多或少察覺到霖的異常，要是那時我能開解霖的話，她就不會患病吧。或許只有進來陪她，才能彌補……」霏的眼裏泛起點點淚光。

霏是多麼的疼愛霖，才願意犧牲自己的生活，選擇留在這遭遺忘的病院？

「那時你還小，怎會懂得何謂過分焦慮？而且……」克仔罕有地作出合適的安慰。莫名的醋意在心裏泛起，我不假思索便打斷克仔的話。

「你願意留在這裏陪伴她，已是最好的補償了。」話語脫口而出後，我才意識到這變相是承認霖患病是霏的過錯。

「你們不覺得相片擺放的角度有點奇怪嗎？」我立刻轉移話題。

我之前注意到照片的奇怪之處。照片裱起的角度和牆壁並非平行，相框下半部分往外傾斜，像有甚麼硬物在相片後，把相框往外推。

克仔拿起相框，原來相框後有個外凸的四位數字密碼鎖。

霏立即一手搶過克仔手上的相框，開始撥動鎖的滾輪。

「假若這是我和霖的房間，那麼要輸入的密碼必定是這四個數字。」霏一邊輸入密碼，一邊向我們解釋。

「2844，是我和霖的幸運數字，也代表我們的名字。」說到這裏，霏將最後一個數字輸入。

房間隨即受到劇烈的震動，眼前的擺設逐漸淡去，只剩下霏手中的照片。

「我們兩人的名字中都有下雨的『雨』字，『雨』字有八劃，所以密碼的首兩位是28。而44是『雨』字下的『林』字和『非』字，二字皆可以分為左右兩部分，而每部分的筆劃剛好也是四劃。」

霏說明之際，眼前出現了新的景象：原本的房間消失了。褪色的牆壁後，竟有另一道牆壁。探步前進，只見房間中電線纏繞，牆壁鑲上了電路板，有著大大小小的不明開關。正中央有個黑色的小正方盒，房內的電線都連接著它。

只見克仔凝視地上纏成一團的電線在思索。

——電線……接駁著甚麼？似乎不是供電用的。

他的聲線在腦海中迴盪著。

——用來傳送資料至中間的黑色裝置？

聽到了霏的聲音，我心中一怔。這似是一個異想天開的想法，但也不全無道理。

霎眼，交錯的電線間，三條電線閃出亮光。

目光一下子被吸引，開始仔細地研究發光的電線，但此時，光已經滅去，恢復原來的模樣。

克仔和霏面面相覷，像明白了甚麼。

他們對視著。

這時，剛才的其中兩條電線又再閃爍了起來。

我心中全是不解。

克仔察覺到我的疑惑，便向我投來微笑。

——剛剛我和霏在想，會不會是用意識交流，電線便會亮起，於是我們便測試了一次，果然如此。

這次，亮起了另一條電線。

我好像明白了。這些電線，與意識交流有關，而且不同的對象，有不同的電線駁通。如果電線能傳送我們間溝通的信息，那麼這些電線，駁接著我們的意識？

「我有個大膽的推測：這個空間收藏著我們的物件，這些物件各自代表著每人重要的回憶。舉例說，乾花書籤代表著我認識你的回憶，而日記則代表你進病院時的回憶。這些回憶都是深刻且獨特的。」

「就像是一個大型的資料庫，每人有自己專屬的檔案，透過電線轉為數據，存進了這個黑色盒子裏。」

克仔的話雖是合理的分析，卻無法解釋為何我們的回憶會被整理成一個個檔案。究竟是誰在幕後控制、掌握著我們的資料？這科幻電影裏的情節真真確確地發生在我們身上，然而這次我們不再是觀眾，而是戲中的角色。

「我明白了！」霏靈機一觸，激動地呼叫道。

「當回憶化成數據，成為一個個共有檔案，我們便能讀取不同人的回憶，又能編輯檔案內容，加入自己的想法；這些想法轉為回憶，其他人便能讀取；如此循環在腦海中就能溝通，對吧！」

「也難怪我們能以對方的第一身視角體會事情，因為短期回憶是由對方親身體驗而形成，我們自然亦能明白對方的情感。」我想起在四角遊戲中感覺到洋洋不安，那時我的確能清晰感覺到，他咬手指的痛楚。

克仔和霏繼續討論著，我則陷入了獨自的思考。雖然眼前疑點重重，但似乎只有這個解釋，才能令之前的經歷合理化。

這，對我們而言，意味著甚麼？

「你……」話音婉轉，在我的耳邊迴響。

我左右顧盼，心中忐忑不安。是誰，在呼喚著我？

「終於聽見了。過來吧！」那聲音又再響起。克仔和霏正把專注全然投放在那神秘的黑色盒子上。我緩緩走出房間，在走廊間探索聲音的源頭。

「紫羅蘭，我們好久不見。」走廊盡處有兩個朦朧的人影。我慢慢向前靠近，逐漸看清眼前的人。一個是令我懷念的身影，另一個高挑的身影卻十分陌生。

「榛子？這是？」榛子被留著一頭爽朗短髮的女子擋在背後，女子帶怒意的神情與外表極不相襯。

「人格在腦海中的樣子與你們所見的不同，這才是栗子真正的樣子，之前一直沒說，其實栗子是我的姐姐。」榛子探頭向我說。

腦海中浮現出栗子的話：「你以為你看到了我嗎？不，你們還未看見，真正的我。」那時似是惡意的話，原來只是對事實的陳述。真正的我，原來是這個意思。

這個空間，是我們誤打誤撞進入的，她們為甚麼會在這裏出現？而且在分裂之前，已經很少會在病院內見到榛子，難道她一直都躲在這裏？

我伸出手，有意拉住榛子，生怕她會再次消失；而事實是，我看到她的手，卻摸不著。栗子看到我的舉動，便緊緊握住榛子的手，不讓榛子與我靠近。我懷疑這是自己的錯覺，只見榛子說道：

「我真的沒有想到，你們竟然找到這裏來。」聽她的語氣，似乎成熟了不少。

「你知道嗎？你消失的這段時間，我們……」

「我知道。你們，決裂了。」榛子打斷我的話。

「那之前，我心裏已有不好的預感，覺得病院會有翻天覆地的變化。於是，我有了想逃避的念頭。

這個空間卻讓我感到異常安穩，最後決定留在這裏。但沒想到，即使躲在這裏我仍然無法逃避，因為我從這房間裏看見一切的發生。」

榛子指著她身後的房間，門縫不斷溢出水來，水湧出又退去，有如潮漲潮落。這令我想起牢房裏的回憶海，透過海水能看見克仔、洋洋和阿琛。難道榛子也是透過這個方法看見我們所經歷的事？

「對，就是如你所想的那樣。」榛子下一秒便印證了我的想法。

「即使合上眼，用手緊掩著耳朵，那撕心裂肺的吵鬧聲也照樣穿透我的腦袋，我眼睜睜看著那可怕預感一步一步應驗，心再痛也無法挽回一切。」

那無法承受的傷痛，榛子竟要獨自面對。我當初善意的叮嚀，釀成大禍，傷害了這不應被傷害的人。以前的我或許就此沉浸於自責的情感裏一蹶不振，但在這段被逼著前行的日子，我變了。

「是你選擇只跟我說話的嗎？」我的眼睛盯著榛子。

「沒錯，只有你才會明白我的感受……」她的瞳仁裏盛滿了信任。「我和栗子是以人格方式被囚禁在這裏。」

我泛起了心痛。

「你跟我們一起走吧，別再死死關在自己的世界。你躲在這裏，卻還是要面對分裂的真實，與其在這裏袖手旁觀，無能為力，為何不親手修補這道裂縫？」我看著她的眼睛懇切地說。

「難道你想讓她再次受到傷害嗎？你們休想帶走榛子！」栗子回答我的語氣強硬，然而她卻只顧看著榛子，一向冰冷的眸子此刻流露出霸道和溫柔。

「是的，對不起，是我令她受到不必要的傷害，但我們一樣受傷，不也正好好面對嗎？有時傷害會令人成長，過分的保護也許才是一種傷害。栗子，你不是榛子，沒有權利為她作任何決定。」我對栗子說。

「她沒有惡意，只是不想我受到傷害而已。你不要怪她。」榛子連忙為栗子解釋。

我的語氣帶著幾分懇求：「我很想你，我們都很想你。」

「可是我根本沒勇氣面對這破碎的人和事……」榛子笑容背後有淡淡的哀傷，但從她的表情中可以看出，她被我打動了。

突然，榛子和栗子的身體都變成了半透明，顏色愈來愈淡，這樣下去便要消失不見了。我嚇得立刻伸出手抓住榛子的手臂，卻抓了個空。

「看來有人想我了。」榛子語氣平淡，似乎並非首次遇到這情況。話音剛落，她倆已不見蹤影。眼見她們消失，我明知該有所行動，腦袋卻是一片空白，周遭的空氣如冰一樣凝結，連帶克仔和霏的話語聲都驟然停止。

「榛子？」霏的聲音從房間傳出，於是我立刻向那房間徑自奔去，卻停在了半開的房門前。

房間還是佈滿凌亂的電線，接駁著位於中央的黑盒。不同的是，房間盡頭處，站著榛子和栗子兩人。

看見她們在這裏，我終於鬆了口氣。

「真是你嗎？」霏又驚又喜地向榛子走去。

「榛子，機會一去不返。既然你也有意願與大家重修舊好，更應把握時機，鼓起勇氣踏出這一步，而不是懦弱的躲藏著，逃避待日。」我無視霏的話，繼續跟榛子說。

「……你說得對，我想，我不能再逃避了。」榛子堅定地說，「或許我要對她們有點信心。」

栗子對榛子說：「我生為保護你而來，如果你對他們有信心，如果你可以不再受到傷害，那麼，榛子，我的使命也就完成。」她頓了一頓，還是那樣幽深如潭的眼眸，看不出一絲波瀾，語氣卻越發溫柔。「再見了。」

榛子聽罷，緊緊地，緊緊地擁住栗子，哽咽著：「謝謝你。」

然而此時，整個房間突然從天花開始瓦解，化成點點純白的碎屑，在空中飄散。若然再不離開，這裏不久後便將沒有我們立足之地。

我拉著榛子立刻跑出房間，然而我們剛走出房間便停下了。因為，走廊跟房間一樣，正在逐點瓦解、消失。這空間在崩塌，而我們，無處可逃。

直至這空間完全消失前，我們依然緊緊握著彼此的手。如果這就是最後，那我亦心滿意足。一片虛無中，掌心的暖意消退，意識亦漸漸遠去。

不知過了多久，我睜開雙眼。那殘舊的天花板提醒我，我再次回到了病院。而在外的三人也回來了。

走廊裏站著八人，連同榛子，我們回來了。

「唉喲！終於都齊人啦！」瑤瑤興奮地呼叫。

恍如隔世，九人終於再次相聚。

第十三章——謎

劉心　胡凱盈

【紫羅蘭】

一切結束了嗎？

剛才的經歷，使真相的冰山一角嶄露出水面。

事情變得越來越棘手了。

「你們怎麼了？」洋洋紅了眼眶，眼中濃烈的擔憂傾瀉而出。

他把臉龐埋進我的肩窩裏，啜泣著說：「差點就要失去你了……」他的後背一陣陣地抽動著，像是一個受了委屈的孩子。

我把手撫上他顫動的後背，那一刻，我聽到了心臟一寸寸斷裂的聲音。

跟大家解釋後，一份複雜的沉默縈繞著我們。恐懼像是夕陽西下時地平線的遠山，雖模糊卻是確切的存在。

心中更多的是，一份溢滿的感情，無處安放。一場漫漫的久別重逢，隱藏了時間掩埋下的傷痕。我們在黑暗中匍匐前行，以為永遠不能再相聚。危難間，孤獨裏，多少次輾轉低迴的牽掛，多少次憶起九個人生活的點滴，才後悔當初任性的分崩離析。

我們九個在峰迴路轉之間再次團聚，無論怎樣想像重逢的瞬間都沒有這一刻來得真實。那份熟悉感依然存在。

而我們，好久不見。

突然一聲重擊，我猛地擰頭，只見霖一個踉蹌，身體輕輕晃動了一下，緊接她的腿一軟，整個人重重地跌在地面，額頭狠狠地撞上地板的瓷磚，轟然倒地。看到她全身乏力地躺在地上，我連忙上前關心她的傷勢，在她身邊呼喚她的名字，可是她似乎失去了意識，不省人事。

昏倒了？

我向其他人投出求救的眼神，他們也是不知所措。

霎時，病院內間歇閃爍著白光。景物在一瞬間蒼白，迅即漆黑，我的視線慢慢變得模糊。待離開了朦朧的黑色幻影，眼前景物恢復清晰，再也沒有閃動的光束。我下意識看向克仔，只見他的額頭已滲出一層薄汗。

霖依然昏迷不醒，前額明顯可見一處瘀青。從她雙眼輕微的搐動、唇邊的輕聲囈語，可見她似乎在夢中遇見了甚麼。

病院內一切也彷彿恢復正常。

只是彷彿。

忽然傳來幾人的談話聲，我們對視一眼，走向聲源。

「在這本子裏簽個名，貼上你的照片，那就代表著，你永遠是這兒的成員啦，我們要一起吃飯、一起玩，誰也不能拆散我們九個！」

我心中陡然一驚。這不正是霖的聲音？但霖不是仍然昏迷著嗎？

「對不起……我怕我過於黑暗。」我當時一直猶豫著，害怕自己的憂傷會無意間傷害他人，

「沒關係。我們去你的房間看看！」霖打破這尷尬的局面，牽著我的手到處逛著。

昔日的歡聲笑語，如今仍聲聲入耳。我們徜徉在一個故事裏，堅定的誓言，讓每個人都為之動容。

回頭看著眾人，他們聽到這聲音，同樣驚訝不已。我們躲在走廊的轉角，小心翼翼地探頭望向走廊，竟然看見了……自己？

阿琛又一次見到另一個自己，尖叫不絕。她該是想起之前駭人的經歷。怕被另外的「我們」察覺，我連忙捂住她的嘴巴，不讓她再發出一絲聲響。另外的「我們」沒有察覺我們的存在。

這個病院怪事頻頻發生，我已有些司空見慣。

予妍聽到他們的談話聲，變得異常興奮，像尋寶般地在「另一個我們」之中尋找另一個她。在人群之後，予妍看見自己。

她站在「自己」面前，但是「予妍」似乎沒有察覺她的存在，於是她抿了抿嘴，躍躍欲試地觸碰一下「予妍」的手。那一霎那，她的手融入了「予妍」的身體。她怔了一怔，再踏前一步，像燈影交錯後的匯聚，兩個予妍混亂地摻雜，最後……

合為一體。

她的嘴角露出一絲不易察覺的微笑，這時候病院的窗戶被吹得敞開，光線從明亮過渡到晦暗，籠罩著一層淡淡的陰影，我當下錯愕，無端地顫抖了一下，心中只覺不安。

場景又再轉換。

黑夜裏，一個黑影刷地閃進予妍臥室。予妍佯裝著甚麼都沒有察覺的樣子，躺在床上，然而藏在懷裏的手卻悄悄握成拳。

那身影不斷地朝著她床頭靠近，把手伸向她。

「——嘻」

我心中警鈴大響，立即趕過去，但已經來不及了——

予妍已用盡了全力，撲向這個不速之客。

予妍眼睛直勾勾地看著她，有種不屑一顧的漠然，又帶著對殺戮的瘋狂慾望，臉上的肌肉痙攣扭曲，一下子便用雙手掐緊她的脖子。她嚇得魂飛魄散，不停掙扎，拼命用手掰開予妍的手指。可是予妍視若無睹，反而更用力勒住她，指甲深深地嵌進肉裏。

予妍看不見背對她那「不速之客」的樣子，站在一旁的我們卻看得一清二楚——那是瑤瑤。

我們目瞪口呆，手腳僵在原處，不知如何反應。克仔眼疾手快，衝上前欲要抱緊予妍，不讓她進一步的行動。

予妍立即拉住瑤瑤後退幾步，雙手從未鬆開。

「予妍……是我……」一把熟悉的聲音，吞吐著最後的吶喊，可是一切已經來不及了，予妍來不及停下手中動作，「咔」一聲，便用蠻力擰斷了瑤瑤的脖子，整個過程迅速而歇斯底里。

瑤瑤原來顫抖的四肢急速地凍結在原地，呼吸變得僵硬，瞪大的雙眼中盡是不解和恐懼。

聽到這聲，再看清楚那個仰在地上的人，予妍的臉上寫滿了難以置信。

看到這幕，好像無數個晴天霹靂在我的腦裏同時炸響，心狂亂地跳個不停。

彷彿也有一隻手長驅直入，伸向我心裏最深處的地方，緊緊箍住它，霎那捏得破碎。血流嘩啦嘩啦，心碎滿一地。

可是下一秒予妍突然滿目通紅，眼睛一眨不眨地盯緊我，明亮的雙眸被無情的血色染滿，如同行屍走肉般帶著冷冷的笑意。

還未來得及悲傷，予妍便一步步向我走來。霏大喊：「小心！」

霏連忙擋在我面前，伸出手保護我們，予妍卻毫不猶疑地步步迫近，雙手又一次抓向霏的脖子，死死掐緊它。

在這性命攸關的時刻，我們不再磨蹭，立刻上前揪住予妍的雙臂，想不到她一下子便甩開了我們的手，若無其事地繼續她的行動。

霏自始至終並沒有掙扎，她只是凝視著予妍的雙眼，抱著僅有的盼望，以眼神喚起屬於她們的默契和信任，融化予妍內心最深處的邪魔，目光深邃而堅定不移。很快霏的臉已漲得通紅，奄奄一息，斷續地吐出一字一句：「予妍……是我……我是霏……」

予妍眼中有著深不見底的冷潭，它那樣清楚地映著霏的樣貌，然而這剎，森冷的眼神中遲疑了半晌，癲狂、冷酷、無情，俱在須臾間被溫情破碎，雙手仍然架在霏的脖子上，卻沒有再施力。

趁予妍仍未反應過來，我和其他人打了個眼色，同時上前把予妍的雙手扭轉押在身後，緊緊扣住。予妍縱使已束手就擒，表情卻平靜得沒有一絲的波瀾起伏，漠不關心。

漸漸地，予妍身體的輪廓變得模糊，在她身後看到一個朦朧的白影，然後逐漸成形，變回另一個予妍。

「我在哪裏？」兩個予妍異口同聲。

其中一個予妍說罷，便轉身而去，剩下的予妍眼神對上了我們，滿臉不解。

我們只覺黯然，想起在深夜突闖院友房間是瑤瑤最拿手的把戲，卻不料意外成為她致命的原因。

未曾想像，我視同親人的朋友會在大家眾目睽睽之下，無緣無故地喪失生命。血流盡，我的心房慢慢乾涸。

「你們為何要把我壓住？啊！瑤瑤怎麼了？」予妍看見身旁倒地不起的瑤瑤，驚訝不已。

見予妍恢復理智，我們便鬆開箝制著她的手，讓她慢慢站起來。「你進入那個『自己』的身體後，意外將瑤瑤……掐死了。然後忽然像是發狂般，襲擊了霏……」榛子強行穩住自己顫抖的聲線，向予妍簡述剛才的事。

這時，病院內的光線又一下子黑暗，然後燈錯錯落落地亮了起來，暈開一層光幕，使四周頓時變得明亮。

在我害怕再有甚麼變動之際，我想起了霖，於是回到了之前放下她的角落，才發現霖似乎做了個惡夢，被嚇得驚醒，瞪大了眼睛，發現只是虛驚一場後，又隨即無力地閉上眼睛，再次陷入睡夢之中。

突然聽到一陣宛如打了雞血般的亢奮聲音：「啊啊啊你醒來啦啊啊啊——」

太有辨識度了，一聽就知道是瑤瑤。

因為目睹不久前驚心動魄的殺戮和死亡，大家一致地沉默。我們剛剛親眼看見予妍扭斷了瑤瑤的脖子，現在卻聽到瑤瑤的聲音，只覺毛骨悚然，難道是……見鬼了？

我心中駭然，方才明明聽到了「我們」以前的談話，難道我們回到從前了？既然瑤瑤在過去的回憶裏已被殺死，那現在，瑤瑤的聲音為甚麼還在？

這個情況只有三個可能，第一是瑤瑤根本未死。瑤瑤在眾目睽睽下被予妍擰斷頭顱，掐至斷氣，這個可能已排除。

第二，剛才看見的瑤瑤是虛構的，這才可能會見到瑤瑤死去，還能聽見另一個瑤瑤的聲音，因為真正的瑤瑤仍未死。然而，對於這個盲目而缺乏證據的猜測我並不太相信。

回想以前，瑤瑤和我們一起在病院內生活，後期只剩下聲音。我們曾經也感到奇怪，但沒有人敢開口過問，這慢慢成為了大家埋藏在心底的疑惑。我靈機一觸，想出第三個可能性：瑤瑤確實已死，現在的「瑤瑤」並非真實存在，我們所聽到瑤瑤的聲音是被人加以操控和利用。這就不難理解為甚麼瑤瑤一直只以聲音出現，而從不見其人。

而如果這個不是真實的瑤瑤的話，那這個「瑤瑤」會不會就是控制病院的幕後黑手？或許這是為甚麼病院會出現那麼多怪異事情的原因。

我心裏幾番盤算，雖然總覺得有些地方不對，卻只有這個可能性能夠解釋這一切的謎團。

克仔顯然想到了這個可能性，我們對視了一眼——

原來彼此的內心都充滿疑懼。

第十四章——漣

黎卓琳

【紫羅蘭】

內心的恐懼擴大、延伸，腦袋在此刻空白一片，只剩眼前男孩的模樣，思緒不由得飄遠。

記憶之門被輕輕拉開，往事一寸寸地從那門扉中湧進來。

那年。

所有夏蟬的窸窣聲都逐漸遠去，那些日落的餘暉歸於地表，秋風過耳，流離薄涼，霧靄升沉。

抬頭看向，是月光冷冷的斜影，塵埃在燈光下安然飄散，伸手卻也依舊甚麼都捉不住。

站在學校的頂樓，記憶的畫面中，我仍是那張帶著羞澀的臉容，晚風吹起微濕的長髮，下課鈴聲後，學校顯然疏冷。

我爬上護欄。

從未有一刻如此接近天空。甚麼聲音也沒有，只有越來越靠近荒蕪，卻在此刻，長久抑壓的痛苦，久違的得到一絲舒暢。

我不由得閉上雙眼，任由自己在晚風的陪伴中沒入黑暗……

身後有甚麼很用力、很用力地拉扯著我。

我一個撲空從護欄掉落回地面，膝蓋上輕微的撕痛，一看，擦破了皮。

「喂，你幹嘛跳樓呢！」

當頭棒喝的一聲暴響，那焦急又生氣的聲音，我抬頭看著這個人，空氣中安靜得非常尷尬。

這是我想像到的，最狼狽的相遇。

夜間的掩蓋中，只能看到輪廓在夜晚的微光下顯得特別有稜有角，摻著拙鈍的衝勁和熱誠，臉上是安暖的笑容，聲線是沉穩的。

他，克仔。

這個男孩就這樣撞進了我的生命裏。

沒有帶著任何光環，沒有甚麼特別的情節，沒有任何的目的，來到我的世界，給了我絕無僅有的溫暖。

那天，我把隨身帶著的淡紫色小花書籤送給了他。

一直以來，他像一棵大樹，總為我遮風擋雨，讓我躲在樹蔭下，供我遮炎避寒，不言朝夕，韶華若素。

這一瞬間，所有關於他的記憶傾盆而來，像海嘯一樣淹沒我，曾經無數個夏季，那個衝動陽光的少年和抑鬱陰沉的我。

因為這件事，克仔和我變得熟稔起來。

經常有事沒事就跑到我的班上看一看我有沒有被人欺負，久而久之就成了一種習慣，看見我被欺負的時候就幫我出頭，看見我一個人默默在角落吃飯的時候就陪我吃飯。

他骨子裏有一份剛強和義氣，看不慣那些不公的事情，魯莽又衝動，總是為了那些事情而弄傷自己。

可是他的熱度就這樣不加掩飾地照亮了我，在無盡的抑鬱歲月裏支撐著我前行。

我不曾對他訴說內心的感覺，那些痛苦和難受，那些折磨人的灰暗，像他那樣簡單直接的人，本就該發光發熱，我們之間沒有甚麼動人的深入交流，我也不去奢求他的理解，只任由自己不知不覺地，追著那一團光跑。

他像極了黑暗隧道盡頭，那細碎而一晃不見的光點，衝動行事的他，卻是我最安心的依靠，最信任的朋友。

十五歲那年，一切都變了。

他變得越發陽光積極，身上好像有用不完的精力，充滿動力，但對我依舊是百般的保護，一如往常地為我教訓那些作弄我的小人物，然而，在不知不覺間，我們之間卻漸行漸遠。

然後，他那堅定自信的語氣開始變得飄忽，那爽朗直率的笑容變得沉重，一向陽光的他情緒變得起伏不定，脾氣變暴躁、易怒，很常跟別人起爭執。一段時間後，又忽然沉寂了下來。

我敏銳地嗅到了不對勁的氣息。

然後又是接近考試的季節。

我開始收拾心情，準備全心全意投入準備考試的過程中。高中的考試分外重要，沉重的壓力時時刻刻壓得我們沒有喘息的餘地，大家都沒有餘閒分心於玩樂上，加上克仔頻頻為我出頭，我的生活也得到了短暫的消停。

就這樣，我和克仔見面的次數也少了下來。

只知道，克仔的性情陰沉了不少，不苟言笑，眼裏也失去了以往的色彩，跟前段時間那個充滿能量的他相比，彷彿換了個人似的。

我心裏明白克仔的狀況是異常的，但，背後到底發生了甚麼事，我不知道，也不敢過問，因為一直受到保護的我，就算想給他小小的幫助，也都無能為力。

歲月如梭，當我從考試中抽身過來，驀然，卻發現最重要的人早已在不知覺間，淡出了生命，不留一絲痕跡。

克仔，退學了。

就這樣突然的，措手不及的，我再也找不著他的蹤影，聽不到他的聲音。

始終，他從未向我提及此事。到底他發生甚麼事？我，不知他的去向。

我也就這樣，失去了唯一的依靠，突然闖進生命中的那一束光。

我，最後還是在這裏，與他重遇了。

他也不再是那個永遠站在我身前替我遮風擋雨、令人安心可靠的克仔，他變得更加衝動魯莽，飄忽不定。

得知他患上躁鬱症，我並沒有太多的驚訝，尤其是重遇那天，他那有意躲避我的目光，我更是知道不應追問。這，成為了我們鮮有的獨有的默契，誰也沒有提及從前。

我們還在對望著。

記憶像是倒在掌心的水，無論你攤開還是握緊，總會從指縫中，一點一滴流淌乾淨。

克仔深棕色的眼珠似是深邃無底的旋渦，不發一言，不動聲色便把人掀捲進去；但眼中又似無比平靜的湖面，清晰映出我蒼白的臉龐，我試探地靠近，想從他眼裏看清自己的臉。驀然，卻見自己的眼邊掛上一串晶瑩。克仔熾熱的鼻息撲臉而來，我竟才發現自己靠得太近，線條硬朗的五官早已放大在眼前。他的眼中有了一絲波動的漣漪。

我驚慌地想要退後，已經尷尬得不能自已，他卻似乎察覺到我那淚光，一把握著我的手緊緊一拉，猝不及防的我向他撲去，彼此的鼻尖輕碰了一下，愣神，他微涼的指尖已從我臉上帶走了那一抹溫熱。

眼裏的我臉上有了一抹赧色。

【霖・夢境】

黑暗。

沒有一絲的光，眼前只有一片無盡的黑暗。

突然，紫羅蘭出現，她在拼命地跑。

一束強烈的光突然出現於黑暗之中，打破了長久以來的迷茫，我感到一陣暈眩。

夢境裏一陣波動，就好像電視的訊號出了問題，或受到某種干擾畫面出現雪花和波蕩。然而這樣的情況只持續了幾秒，不一會兒，眼前的夢境又清晰了。

迷糊中，一抹女孩的身影，隨著光線漸近，一步、一步向紫羅蘭走來。只是那道光一閃而過，再次回到一片死寂黑暗。

只有黑暗。

「——啊啊啊！」伴隨紫羅蘭的尖叫聲，我看見一張猙獰笑臉突然出現。那是張煞白得毫無血色的臉，就這樣瞪著她詭異地笑著。看清楚了，那竟然是我！

「你是說，一切都是我的錯？」我看著「我」向紫羅蘭步步逼近，眼中越發猩紅。「每個人都以為我是錯的，你知不知道我有多麼崩潰，你有沒有理解過我的難處？」

「你知不知道我有多痛！」

看著鮮血一滴滴從「我」的右眼緩緩流出，她一臉難以置信地緩緩往後退。

我嚇得轉身就跑，然而不論我往哪個方向去，兩人卻總在我前方出現，我逃無可逃，避無可避。

最後，我累得索性蹲了下來，隱身在黑暗中。

我看著那個滿臉鮮血、笑得邪惡猙獰的自己，感到驚恐萬分，只能死死的捂著嘴，大口大口地呼吸，卻又不敢發出一點聲音。

「我」繼續一步步朝紫羅蘭走去，瞪著猩紅的血眼，看著不停後退的她說：「難道你以為你能逃出我的手中嗎？別妄想了。你、克仔、洋洋……還有病院裏的所有人，你們還天真的以為逃離病院，一切就會恢復正常嗎？你們實在是太天真了！」

我聞言，皺了一下眉頭，心中許多疑惑湧現。

「難道你們都沒有發覺嗎？這個病院裏的一切，都是屬於我的世界，而你們，只要好好留在我身邊，當我最重要的朋友就不會有麻煩了。」

紫羅蘭突然停住了後退的步伐，直直的看著「我」：「我不明白你在說甚麼，但是你若說你能操縱這個病院的一切，包括我們，那是絕對不可能的。」

我也完全不能理解這些話，操縱病院裏的一切？我可是從來沒有想過這樣做啊！「我」一定是瘋了，才會胡言亂語，說些不真實的話。

「看來你果然不相信……哈！你們全都是這樣，從開首到現在，從來沒有相信過我！」

對……在他們之間，我永遠就是那個不被信任，不被諒解的，我為他們付出的一切，他們從看不見。

眼前突然出現了三人掉進了流沙的一幕，「你知道當時為甚麼只有你一人腳下變成了流沙，其他人卻完好無缺嗎？答案已經很明顯了。」

當時的場景又被慢鏡回放了一次，在紫羅蘭掉下去的剎那間，大家的神情都是慌亂無比……只有我，竟在不經意間露出了一抹得意的微笑！

我看呆了，我真的笑了嗎？心底不由得對自己生出了厭惡，原來我是那麼自私、卑劣的。

紫羅蘭顯然也是留意到了，她不敢相信地張大了雙眼，露出極為失望的神情。

「是你，搶走了我的所有！我有多想你從我的世界消失，若不是你，大家的友誼不會決裂，於是連病院也要懲罰你！」說著，突然痛苦地嘶吼起來，鮮血如同噴泉般湧出。「是你的錯……啊！」在「我」慘叫失聲的一刻，手電筒從「我」手中滑落，右眼眼球隨著鮮血噴出，跌落在無底的黑暗中。

這血腥的一幕過後，一切又重回黑暗。

我真想要反駁那個醜惡的自己，拆穿她說的胡話，可是，卻又不得不承認，埋藏在深處對紫羅蘭的恨意。

我只覺滿天暈眩，意識漸漸地回歸朦朧，彷彿是在黑暗裏，遙遠的盡頭出現像針孔一樣細小的洞，洞裏是強烈的白光，逐漸地放大和拉近。

耳邊是予妍說話的聲音。

剛才那個，真的是夢嗎？

【紫羅蘭】

「我真的記不清是怎麼回事了，那時身體根本不受控制，可是我真的沒有想要傷害你們。其實這種事已經不是第一次了。」予妍說。

「小時候生活雖然潦倒，卻有家人作為當時唯一的依靠，是我最信任的人。某日，追債的人在夜裏找上門來，手中握著刀子。跟我同睡一房的哥哥，竟然丟下過於矮小而無法爬窗逃走的我，丟下家人，獨自逃亡。那夜，當我回過神來，刀已插在追債人的背上，而我，滿身溫熱的鮮血。」予妍神情淡漠，遙遠而痛苦的記憶就像舊傷疤般，不再疼痛，卻永遠留痕。

面對這段嚴肅悲傷的過往，我們只能沉默。

「也許病院是利用這段記憶，令予妍做出那種事，藉此離間我們。」霏打破沉默。

「這個病院……要攻擊我們……某些人。」洋洋鮮有地參與了討論。

「有一點，我一向感到很奇怪……難道你們沒有察覺，一直以來整個病院只有我們九人，從來不見醫生和其他醫護人員，每天三餐卻定時出現在飯廳，這不是很不尋常嗎？」我把一直壓在心中的疑問說了出來。

「沒錯！更何況自從我們進了病院後，從來沒有家人前來探訪，我們也沒法得到外界的消息，一直以來只有我們相依為命。」洋洋接著補充。

「該不會是有人刻意把我們軟禁起來吧？可是我一直想不通要控制我們的目的！」克仔焦躁起來，我又看了他一眼，在目光對上的一刻連忙別過臉來。

「我感覺我們現在根本不是在正常的世界，這裏更加像是個結界空間，最近發生的一切都是超自然的，我們根本解釋不到，最明顯的就是病院的空間結構似乎可以隨意變動。」在我們各自經歷了那麼多後，我才作出結論。

「在我們現在身處的空間以外，應該還有一個空間讓我們可以透過意識溝通，之前紫羅蘭的回憶海和那次我們掉進流沙中，應該就是進入那個空間的入口。」克仔的理智終於在線。

「對，而且背後一定有人操縱，但既然那人不是瑤瑤，會是誰呢？」予妍說。

「媽咪！好恐怖，我想回家！」一直聽著我們說話的阿琛嚇得一臉發白。

我留意到霏一直沉默不語，有點反常，一向直覺敏銳的我總覺得她知道了一些秘密……視線不由得轉向躺在一旁的霖。

總覺得，好像有更大的真相等待我們去揭開。

這時候，霖漸漸睜開了雙眼。她終於醒了。

第十五章——揭

蔡哲妍　胡凱盈

【霖】

霖視線中朦朧的黑影漸褪，眼前景物逐漸變得清晰。

「霖，你還好嗎？」她睜大雙眼，只見紫羅蘭湊近了的臉容，溫柔地問候。

霖本能地迴避著眾人向她投來的關懷目光。

「怎麼了，有沒有受傷？轉過來讓我看看吧。」

霏輕輕撥起霖額邊的頭髮，仔細檢視著傷勢。

「好大一片瘀青，還擦傷了。痛嗎？」榛子關切地說。

「消毒。」洋洋嘀咕著。

克仔聽見，不發一聲地走開了。待他回來的時候，手中抱著一個急救箱，在地上打開。

「霖，這可能會疼，你忍著。」

霏說罷，從箱內拿起了鑷子，夾起一球棉花，沾了點藥水，輕輕地在霖的額上點了點，那輕微的痛楚卻沒有令她清醒過來。眾人的話聲在她耳邊逐漸模糊過去，腦海中只剩下一片空白，她陷入沉思之中……

一直以來，霖認為自己才是受害者，自己是最無辜的。在她眼中，所有人總是懷著不利的企圖，想對她作出傷害。甚至，霖懷疑身邊最親密的人，害怕他們某天會出賣她、拋棄她、瞞騙她。霖以為，他們才是會傷害她的人。

單憑一個夢，能證明甚麼？

霖絕不願承認事情與她有關，例如創造密室和流沙，還有另一個自己……畢竟，她也是個受害者。

可是為甚麼在她內心裏最隱秘最軟弱之處，卻感到愧疚？

如果她真的是元兇……

多少次，她將身邊朋友置於困險之中？為他們添加了多少不必要的傷痛？多少次，她把他們放進命懸一線的危機中？她連自己也幾乎騙過了，這完美的掩飾始終也露出了破綻，告知她事情的真相。

她接受不了自己種種可怕的心態。

腦海中層層疊疊如密雲般的謎團，在霖心中引起一個巨大的恐懼。

她預見了一個災難。

他們知道真相後，會原諒她、接受她嗎？他們還能保持這段友誼嗎？還是他們都會把矛頭指向自己？

但很快，霖便得出了答案。

她彷彿看見霏漸漸遠她而去，失望地看著自己，說她傷透了他們的心。她又看見紫羅蘭和克仔，責怪自己把他們置於流沙之中。她看見他們通通指著她斥罵，然後一個一個背棄她而去，她只能目睹他們的背影漸漸消失……

如果自己真的是這一切的元兇，她該怎麼辦？還是自己又過於神經質了？

她用顫抖而冰凍的雙手緊緊地擁抱著自己，但亦無阻她心中的恐懼擴大。

他們仍在細心地護理著霖的傷口，緊張地問候著她，眼神中無不流露出真摯的關懷……

霖知道那或許是他們對自己最後的溫柔，不敢面對眾人的目光。

霖心中萬般掙扎，她不想失去一直在她身邊的朋友們，她不想成為他們一直記恨著的人。懷疑的種子已經在心中深深紮下了根，種種跡象和夢境揭示的訊息都指證她是幕後黑手，她彷彿認定了身邊的人都會離去。

她鐵下了心，寧可自覺地消失，也不願親自面對他們對她徹底失望的樣子。

霖望了望身邊最近的牆，腦中萌生出一個念頭：若然是她的念頭製造出密室、流沙場景，那麼是否只要她想，便能篡改空間？

她把指尖貼近牆壁，觸及之處像棉花一樣塌了下來，柔軟的觸感使她暗暗吃驚。她沒有多想，在一念之間，緊閉著眼睛，衝向牆壁。

逃。

當霖再次睜開眼，便發現自己身處於一個陌生的房間——充滿紅色燈光、佈滿電線的房間。房間內一片寂靜，紅色的燈光像千萬束凌厲的目光，同時審視著她，時刻指證她的錯處。霖背靠著一個角落，坐了下來，讓歉疚、無助繼續寄生於自己的腦袋，一點一點侵蝕理智，然後靜靜等待，在時間的流淌中慢慢腐爛。

【洋洋】

霖在眾人眼前透牆而入。

你率先反應過來，發了瘋似的猛敲霖在幾秒之前所挨依著的牆壁。

你的不可置信和恐懼盡寫在臉上。我知道你很害怕，不知所措。

克仔立即上前安慰你。

那刻，你和他靠得很近。

你們鼻尖相碰，目光相投。

……

我的心，在默默滴血。

想起當時在病院內初遇你的一刻，深深地烙印在我的腦中，現在仍記憶猶新。

我一向有留意你，這個跟我同班的女孩。你的每個眼神，一舉手一投足總是散發出惆悵的氣息。不知不覺，我發現自己的目光經常停落在你身上。

你坐在課室靠窗的一邊，柔和的陽光灑落在你的身上，劉海被微風吹亂，而你靜靜地坐著，托著腮在看書，嘴角不經意地掛著一絲微笑。你會知道嗎？你笑的時候，只有右邊嘴角會牽起，唇角邊還有個微微凹陷的小梨渦，晶瑩的眼中帶著神采，蓋過抑鬱的灰暗。這一瞬，似乎所有的塵囂煩擾都消去，只剩下遙遠的寧靜。

我的目光沒有移開過，但你，卻未曾察覺到。

機緣巧合下，我們在病院相會。是你主動前來關心我，在我孤單無助的時候給我溫暖的懷抱。我對著大多數人是不說話的，很多話語積藏在心裏不說出口。但因為是你的緣故吧，我竟然破例地打開心房向人吐露心事。沒想到就這樣讓你走進我心裏去。

我很享受那段只有你和我的時光。我們獨處一室，你耐心地傾聽我的心事。

你是一個優秀的聆聽者，只要我有需要便會聽我心聲。如要作出選擇，你肯定是義不容辭地把朋友的安危放在自己之先。你就是那樣為人設想的女孩。

我曾覺得你可能會給我一個機會。

可是你的心是一座小城，城牆總是牢牢地緊閉著，甚少敞開讓人進入。克仔是長期駐守於城裏的主人，而我，只不過是那站在城樓外、渴望進城的過客，不斷努力攀上城牆，還妄想能在你心中佔一席位。

腦中再次浮現出克仔替她抹去眼淚的一幕。

我望著她臉上泛起的一抹淡紅，淚眼汪汪，當中蘊藏著一種說不出的深意……

我似乎明白了，那種沮喪。

我，所能做到的，只有默默地守護著你。

【霖】

坐在角落，霖的臉上看不出任何表情。她的平靜帶給人極具壓迫感的不安。

她心意已決，就算他們來找她，她也絕不會被輕易找到。

一把聲音闖進了霖的腦海，打亂了原來的思緒。

她立即辨出了是霏的聲音：「好端端的怎麼霖會在大家眼皮底下消失了？」

「霖會在哪裏呢？」是紫羅蘭。

在此刻，這種關注和包容使她越加內疚。

霖連忙叮囑自己不能因心軟而回去，否則，她只會繼續一點點地傷害身邊的人。

「都是我的錯，沒有好好看顧霖。」聽到霏的話，霖的心加倍難受。

——不是你的錯，霏。是我沒有顏面面對你們。

——那麼霖，這一切是否你做出來的？

在這時，霖聽到了霏的聲音，聲音在她的腦海中迴響。她知道，霏聽到了她的心聲。她的呼吸凝住了。相比眾人面前的一句自責，這句話充滿憂鬱。霖知道，這不是一句疑問句，在片言隻語間，早已透露了對事實的肯定。

「我們要去找霖，要把她帶回來。」紫羅蘭的語氣堅定，眾人紛紛和應。

霖心中泛起了波瀾。只是，她再次想起了那個恐怖的情景：自己多番的加害，以及她們多次的創傷，在真相大白時，大家對她會有多麼憎惡……她無法設想。

霖唯有把心門牢牢地緊閉，把自己囚禁於這裏。她實在不願再傷害身邊所愛的人，更不願看見他們離去。

她告訴自己，這樣做，只是為大家好。

第十六章——

逃

黎卓琳　劉心
楊皓雯　蔡哲妍
胡凱盈

【紫羅蘭】

霖陷入的牆壁，瞬間恢復原狀，彷彿霖只是憑空消失。

我瘋狂地錘向牆壁，盡力回想剛才霖消失的那一幕。

她醒來後，所有人都忙著關心她的傷勢，我卻敏銳地察覺到，她看著我的目光不再痛恨，而是分明的內疚。只見她把手伸向牆壁，最後一瞥，她的眼神溫柔而決絕，閉上眼後便毅然轉身走進牆壁。

為甚麼內疚？我不明白她到底怎麼了，似戀戀不捨，然後不回頭地離開。

我冷靜下來，心裏微微觸動，恐怕，她是有意躲藏，逃避一些我們不知道的事。

但無論如何，就算她真的要逃，我們也決不會丟下她不管。

我們分頭行事：克仔、洋洋和我負責到飯廳、藏書館和藥庫；霏、予妍、阿琛和榛子則到各人的病房和休息室。

我和洋洋並著肩在走廊間走著，克仔則急步走在前面，我們加緊腳下的步伐，苦苦跟在他身後。我下意識抓緊身旁纖細的手腕，怕這個懵懂內向的小男孩會走丟，他突然一個反手，把我的手心緊緊握著。

我訝異地看了他一眼，洋洋的表情卻看不出一絲異樣。前面的人越走越遠，只得牽著他趕快跟上。

病院的走廊一如既往地靜悄悄，只聽得我們的腳步聲在地板上「踏踏」地響著，顯得那沉靜更寒心，只覺整個病院都弔詭無比。不知到底是我們突然變得神經敏感，還是以往我們一直習慣生活於異常當中而不自知，早已習以為常？我不得而知。

飯廳裏一如預料地空無一人，我們只好到藥庫看一看。

打開那道白色的大門，映入眼簾的只有一個個整齊地排列在櫃上的白色藥瓶，密密麻麻的使我們身處的空間感覺異常壓迫。

然而此處也不見霖的蹤影。

克仔煩躁不安的情緒使他狠狠地踢了一下身旁的藥櫃，晃動的瞬間，搖開的櫃門間掉出一個藥瓶，觸碰地面時發出清脆的聲音，反彈數次後緩緩地滾到我腳邊。

我眉頭不禁皺了一下，彎身把藥瓶從地上拾起，然後用力擰開緊箍的瓶蓋——

空無一物。

我隨手拿起了幾個藥瓶，也是空蕩蕩的，絲毫不見本應有的藥片。

相顧無言。

腦海中有道電光赫然閃過。為甚麼病院自始至終只有我們九個人？為甚麼病院裏，會沒有醫生，沒有護士，沒有藥片？它根本不是一個精神病院！想到這裏，我心裏疑惑的濃霧散去幾分——這是一個精心設計的局，營造出一切正常的表象，讓我們九個緊緊地綑綁在一起，配合著幕後主持者的目的。更加不可思議的是，我們一直以來面對著這些不合理的事，卻從沒有人發覺，彷彿這都是理所當然的。

我的心，被寒意無聲息地侵襲。在離開藥庫時，卻感到交疊的手心間溫度漸升，傳來了一片綿綿的濕意。我尷尬地想要鬆開手，然而握著我的小手卻加大力度，把我牢牢握住。我瞥了一眼身旁的白皙男孩，只見他臉上還是那一貫淡然的樣子，耳尖卻可愛地露出一抹粉紅。

我只當他是緊張害怕，便由得手一直被他握著，邁步向藏書館去。

藏書館，也不在。

回到原處會合，病院的每一個房間和角落都已被搜遍，但霖似乎銷聲匿跡，大家的擔心和沮喪都盡顯臉上。

霖，你到底在哪裏？

我不忍再失去任何一人，九個，一個也不能少。

看著身旁的榛子，念頭在我腦海中一閃而過。被捲進流沙後，我、克仔和霏都進入了另一個空間，因而偶遇榛子。當初榛子因為想要逃避而意外進入那空間……

我一時難以分明，口中低聲喃喃道：「難道霖在那個地方？」

「你說甚麼？」予妍困惑的眼神向我投來，我將想法告訴眾人。

「你真的覺得霖會在那裏？我們該如何進入？」榛子提出。

「我的直覺始終告訴我，霖就在那空間裏。畢竟在這病院裏，眼看為真的事物有多少呢？」我正在沉思，卻留意到霏欲言又止。

「我……」霏目光遲疑，話終究是脫口而出，「我一直在想，朋友和親人哪個更重要？」

「但我覺得還是要告訴大家。」

她的語氣中盡是掙扎和猶豫。予妍擔憂地瞥了她一眼，卻沒加阻攔。

自從霖昏迷，予妍接著失控後，霏便變得非常安靜，臉上一直帶著沉重的神色。我想起了霖醒來前霏那沉默的神情，只當她是因為親人和最要好的朋友失常而擔憂。現在霏這樣說，或許正如我之前所料，她確是知道了一些秘密。

「我和霖從小便有種特殊的心靈感應，我的想法，她輕易便能猜出，反之亦然；她的情緒，也常常受我的情緒影響。小時候，就曾試過在我做手術要打麻醉藥的同時，霖也昏迷了。我們之間有種獨一無二的連繫，亦因為如此，我才會知道一些霖平常不願告訴別人的想法。」

「我想，在之前的討論中，大家已經能推測出我們經歷的一切都有人在背後操縱，而這個人……或許就是霖。」予妍拍了拍霏的肩膀，把話接下去。

「我和霏在重遇你們之前，便開始留意到病院的變動和霖的心理變化，似乎有著相互影響的關係。這都是我們的推測：與正常的自己搏鬥，是因為霖渴望脫離病魔困擾；她看到我們九人的相片後，因為掛念你們，我們便重逢了；後來我們激怒霖，她便使我們掉進流沙，進入那個儲存我們所有人資料的空間。」

「當初我們被困在可怕的囚房，想必這與我們分裂後，霖憎恨我們四個的心情有關吧。」阿琛同意。

「……有沒有可能，這個病院不是真的？這樣空間才會隨著霖的想法改變。」我提出壓在我心中的推測。

「對！醫生，醫護都在哪？這裏根本不是病院！」予妍的話和我的想法正正一樣。

「藥物瓶都是空的。」洋洋插口道。

霏垂首沉思：「不過，我們再怎麼推斷，也僅僅是個猜測。可是最近透過我們間的心靈感應，我知道了一些霖心裏在想的東西。」

「她到底怎麼了？」阿琛擔憂地問道。

「霖或許是意識到自己能夠控制病院，知道自己內心的黑暗對你們造成一次次攻擊。所以她要躲起來，不願再傷害你們，更不願你們因為知道她所做的一切而遠離她。」

「到底這一切是怎麼回事？」克仔崩潰地大喊出來。

「你還不明白嗎？霖的意識控制著這裏的一切。所以每一次空間的變化，每一個你們所經歷的怪事，都是源於霖的思緒和感情變化。甚至，這個病院，這個空間，可能都是虛構的，是霖一手創造出來的。」我明白了霏的話。

直到現在，我腦海中的霖仍是相識那天那個對我淺笑的純真女孩，「她到底是怎麼做得到的？她也不過是個十多歲的女孩……」

【霖・內心】

霖聽著霏把真相曝光，心一點點沉入谷底。

彷彿那偽裝「保護」的門破碎，心中邪惡的陰暗面暴露無遺。

她無法接受——內心對朋友的怨恨妒忌之深，竟足以讓他們深陷流沙，被困牢房。

更無法接受，一直害怕傷害自己的人，正是自己。

她習慣委屈，習慣懷疑，習慣支配別人的真心。

她讓自己不再感受到他們的愛。

也讓自己不再嘗試去愛他們。

不單是因為清楚自己傷害了朋友，更是因為對朋友的不信任、嫉恨，霖知道，她沒資格奢求他們的原諒。

她只好抱著最後的，微小的盼望——

你們，不要離開我好嗎？

【紫羅蘭】

「你們終於發現了。」是瑤瑤。這次她換上一種我們從未聽過的成熟聲音。

我們屏息聆聽瑤瑤接下來要說的話。

「現在你們聽到的這個聲音、之前看見的我，都是她創造出來的，就如同這個病院的一切，都是利用科技所虛構的。」

「瑤瑤，這可不是開玩笑的時候！」予妍喊道。

「不相信嗎？我本來就是被設計出來協助管理病院運作的人工智能。你們發生的一切不就是證據嗎？」

「也就是說，我們身處的病院其實是一個虛擬的數碼空間？」我混亂起來，開始分不清現實與虛構。

「就像我從書中讀到的『虛擬世界論』，曾經有物理學家提出過，我們身處的世界，絕對有可能只是一個由數據和科技創造出的虛擬世界。雖然像是天方夜譚的說法，但誰能保證，我們所感受的，不過是一堆編碼程式而已？」克仔冷靜下來，突然帶進一個想法。

「一時之間告訴我這樣的真相，我的大腦現在混亂得很……」阿琛眼神迷離，精神紊亂。

「我們三人曾經被困密室，在成功逃離前出現了一部電腦。因為只有霖擁有操作電腦的權限，所以我不能修改電腦的設定，亦因此最後只有霖能按下按鈕，令密室消失。那時各人的名字旁都有心電圖，這就能印證因為瑤瑤是人工智能，根本沒有心跳，所以名字旁才沒有心電圖……」霏分析以前發生的事情。

像是一直籠罩著的迷霧散開，我們不願意相信的事實，終於被瑤瑤證實。

「現在我們要怎麼辦？」克仔的臉龐冰封一般冷靜，濃眉皺了皺。

「你們只有兩個選擇：留下來，或者殺了她。如果留下來，也意味著你們放棄逃走，一輩子留在這裏；如果殺了她，這個空間便會坍塌，你們就能逃出，回到現實。」

瑤瑤的話把我們帶回殘酷的現實，我掃視身邊各位，大家都面有難色，似乎各自都在內心經歷萬般掙扎。

「其實我們不一定要作出選擇。我們也可以遊說她把我們放出去呀。」榛子突然提出。

「我們連霖都見不著，又如何遊說她呢？」予妍答道。「我想我們需要點時間考慮。」

「那好吧。」瑤瑤的消失令我們回到難堪的靜默。

「其實如果空間可以由霖控制的話，她根本不會有危險吧？既然她現在也不想見我們，那麼我們為何要在這裏發了瘋似的到處找她？我們的擔心原來也是多餘的，到最後會有危險的只會是我們罷了。」克仔強忍著心中一直被蒙在鼓裏的不快，說道。

「這樣吧，不如我們今晚好好想想，明天在這裏下最終決定。」我見此，生怕大家在情緒不穩的狀態下會再說出衝動的話，傷害彼此之間的感情。

「嗯。」榛子應道。

我獨自回到房間，認真思索著瑤瑤的話。

留下來，需要八個人都願意，以一生的時間陪伴大家；至於要殺掉霖，如果問我們八人，任誰都不願親手殺死一位視如親人的朋友。

霖是這病院的操控者，她的情緒左右著病院的安危。留在此處，恐怕是將自己放在極其危險的處境。

然而要我眼睜睜看著她在我面前離去，甚至要由我親手奪走她的生命……我做不到，相信我們八個，也絕對沒有人會做出這個選擇。

在關鍵時刻，要作出選擇總是不容易的。

我和霖，並不是最親密的朋友，我們之間也有些磨擦和縫隙，甚至……我感覺到她對我的恨意。

縱使在這段友誼中傷裂纍纍，可是我從來不會忘記最初的美好。

我的思緒又回到了進入病院那一天。

霖輕輕地伸出手掌，然後把眼睛瞇成彎彎的月牙，對我綻放笑臉，那一刻如蜜糖般化開的友情就是幸福。

這些幸福，卻不似陽光照在身上，或者輕風吹過臉龐的感覺般真切、直接，那些幸福，像一團霧氣瀰漫在我無法化開的回憶裏，無法確認自己是否真的擁有過。

但，真實與否，真的重要嗎？

我暗暗作出了決定。

第二天我們八個聚集在一起。

「你們想好了嗎？」瑤瑤聲音沉著。

大家噤若寒蟬，皆不願回答瑤瑤。

「想好了，我不走。」我聽見自己微弱的聲線，輕輕地劃破一片長空的靜默。

「留。」話音剛起，洋洋堅定地認同了我的提議。

「我們不會殺人的。」阿琛也附和道。大家都不願放棄霖，紛紛選擇留下來。

「你們不怪她害你們嗎？你們留下來的理由又是甚麼？」瑤瑤語氣詫異。

「況且既然這是一個虛擬世界，你們可有想過留下來，現實中會發生甚麼事？你們是否真的要為了她放棄原有的生活，永遠留在這病院裏？」瑤瑤提出質疑。

「我想，陪伴不需要任何理由。」

我抛下這句話後，一切混亂的思緒都被斬斷，瑤瑤的質疑變得無力。霖，是我們如家人般的摯友。陪伴她，哪需要理由？

「既然大家都留下，我們去找霖吧。」霏的眼眶內醞釀著一點點晶瑩。

【霖】

「他們都願意留下來陪我……」

霖以為他們得知真相後，會選擇把她殺死。可是，他們選擇了陪伴：在回到現實世界與永遠困在虛構病院二者之間，他們竟選了後者。

但是霖不禁懷疑，這樣的她真的值得到這樣無條件的付出和陪伴嗎？她知道自己是真的不配。

「可是她說，有時候，陪伴一個人不需要任何理由。」

這一種陪伴，從來沒有任何理由，不為了得到同樣的回報，只為今朝相處互相取暖的這一刻。是的，像是他們曾經在那久遠遼敻的歲月裏互相陪伴的那些莽撞的日子一樣，也從來沒有任何理由。

在這個虛構的空間，歲月無痕。

霖一直在傾耳細聽，聆聽他們的對話，也嘗試傾聽自己的心聲。

她恍然大悟：原來自己一直都被困在自己設下的那個名為自我的牢獄，無邊無際的痛苦，永無止盡的懷疑、妄想、恐懼、絕望，循環不止。

從前害怕為人所害，現在害怕別人離開。

可是，在自己怕被人傷害時，他們安慰她；在自己怕他們離開時，他們選擇留下。是他們，將她心中的陰霾驅除。

「謝謝你們，沒有走。」

從前霖把心門牢牢緊閉，是因為害怕；現在她反復地問著自己，為何不解開那無形的枷鎖？

【紫羅蘭】

「慢著，既然她能控制空間，那要是她不想被我們找到，我們根本沒法找到她吧。我們到底要怎麼辦？」阿琛提出。

「我想她現在還需要一些時間冷靜吧？我們也許應給她一點空間和時間，等她想通了，便會回來的。」我認為現在空著急也不能改變甚麼，只能默默守候。

「那好吧……」大家都無可奈何。

又過了幾天。

病院再也沒有出現異常，一切都似昔日般安穩平靜。

但霖始終還是沒有出現。

我知道，她現在一定也是在不停自我掙扎。

【霖】

窗戶被厚厚的窗簾遮擋得嚴嚴實實，一絲光也透不進來。霖的頭髮亂蓬蓬的，睡衣又皺又髒，她懼怕在此時見到他們。

霖蜷縮在角落裏，雙手一直抱著雙膝，頭無力地垂著，一動不動，自卑和內疚充斥著她的心。

小時候的記憶重展眼前。

無論生活給了她多少的饋贈，但當自己遇到磨難，讓她發現別人正在擁有和揮霍的東西自己竟沒有，就去抱怨別人，覺得別人統統有負於自己，覺得自己才是付出最多的一個。

對於已經擁有的美好，沒有人會嫌多，所以人總是把目光放到已經失去或得不到的東西上面，這樣便錯失了很多感受幸福的機會。

也許就因為這樣，霖患上被害妄想症。

霖陷入了深深的迷茫。

不知甚麼時候開始，她變得如此自私而又極端。不知道甚麼時候開始，對身邊人佔有的貪慾，對無謂評價的怨恨，讓她變得越來越不是她……

縱然知道自己已得到原諒，縱然知道他們不會離開，可霖不敢踏出那一步。始終，她無法面對依然無條件相信自己的他們，無法相信自己竟以危險與厭惡對待他們的信任和溫暖。

她無力地獨坐在昏暗的角落裏，黑暗纏繞全身；而眼前明亮的身影彷佛漸漸接近，他們微笑著伸出手，合力把霖拉出深淵。

在霖眼中，他們耀眼、光明、無瑕，自己卻千瘡百孔，但他們願意接受她的瑕玼。他們理解她，現在仍擔心著她，處處為她設想。

霖反問著自己：「我呢？」

她清楚，除了道歉，也沒有甚麼能做的。可霖根本連走出角落的力氣也沒有。

霖仍在掙扎，卻忽而聽到他們的對話。

「或許我們永遠都找不到霖了……我們離開吧。」紫羅蘭提出。

「果然，這裂縫無法修補。」榛子淡然地說。

「這一次霖可能下了決心不再見我們了。」予妍也認輸了。

「走。」洋洋言簡意賅。

霖腦海中浮現出他們離開的背影，心裏咯噔了一下。

——不是的，不是我不願，我只是不知道我走出來後要如何跟你們相處。

霖心裏有一處隱隱作痛，他們是她的執著，是她最好的回憶，也是她最痛的回憶，現在終將離她而去。他們的背影漸行漸遠，從清晰的畫像變成一個模糊的輪廓，再從模糊的輪廓變成一個小小的黑點，慢慢褪色，彷彿快要消失在霖茫茫的腦海裏，再也摸不著，再也觸不到……突然霖感到一種強烈的不捨——

現在我將失去你們，世界灰暗不再絢麗，是否還會有人願意傾聽，我心中的小秘密？

自從在病院的第一天，我孤身一人在這空蕩蕩死寂寂的空間裏盤旋，身邊沒有任何人，我就像是一個被囚禁的怪物。到後來，阿琛來了，榛子來了，霏也來了……

你們一個個來到我身邊，從此我不再孤單，不再徬徨。我感受到被愛。

然而我卻想要把你們一個個地佔有，想被你們捧在手心中受到保護。我自私，佔有慾強，妒忌心也強，我被你們愛著，卻不懂得愛你們。不知不覺中，讓你們被羈困在這巨大的牢籠裏，只想牢牢套住你們的心。

可我從來沒有設身處地為你們想過，你們連退出的權利都沒有。

我是不是也要學會放開，解開那禁錮你們的鎖鏈，也敞開自己的心扉。要知道你們並不屬於我。

我深知把你們囚在這裏是我的過錯，因此你們這次的離開我不會再加阻攔。

我將永遠無法逃出這個病院，這是對我最大的懲罰。與你們充滿甜酸苦辣的回憶，足夠我一生回味。

然而——就算離開，也請容讓我作最後的道別，我不想留下遺憾。

霖閉上眼睛，在腦裏將他們所在的位置牢牢鎖定。

她踏出那一步——

眼前的景象從一片白色回到病院，她見到他們了。

道路的盡頭便是那七人的身影。

當霖正想拔腿狂奔之際，腳踝處卻感到異常冰冷，被一股怪力扯住，無法前行。她低頭一看，竟是一片驚悚的畫面。

牆壁中伸出一隻灰白的手，將她的左腳緊緊抓住，接著兩面的牆壁亦接連伸出數十隻骨瘦如柴的手，似要將霖團團包圍。

好不容易將右腳拔出，腳踝上多了五道煞白的指痕，下一秒左手卻再次被拉住，力量之大，令她無法掙脫。

更多的手，從牆中伸出來，捂住她的嘴，遮蓋她的眼，扯住她的手。

「怎麼會這樣？病院的一切不是都由我掌握的嗎？難道……我只是被內心束縛的傀儡？」霖驚訝著。

她動彈不得，用盡全身的力氣卻依然邁不出腳步，牆裏的怪手幾乎把她衣服撕破。霖心有遺憾，那七人在她的生命中消失前，她欠他們一個道歉、一個再見。

前方他們的身影遠去，霖不甘地想：難道我們的離別就如此平淡？

她不願就此結束。

「放手！我要追上他們！消失啊！我才是自己的主人！」說罷，將她纏繞的怪手終於鬆開，迅速縮回同樣灰濛濛的牆裏。

她立刻朝他們的方向狂奔。

「別走！」在他們消失在視野的前一刻她喊出。

卻是他們驀然回頭，緩緩向霖走去。

「對不起，我不是要留下你們……我只是來跟你們說聲再見。」霖的聲音孤獨地在病院裏來回飄蕩。「再見了。」

當霖說出「再見了」這三個字，眼睛一下子模糊了，哽咽著，雙眼裏竟然淚光盈動，才驚覺，原來他們八人在她心中如此重要，原來以後真的只有她一個人了。

他們繼續向霖走去，她不知道他們要做甚麼。

突然他們幾個嘻笑起來，霏的眼神一如既往的寵溺，笑著對她說：「傻瓜，我們不過是要引你出來而已。」

「……」霖都不知道該哭還是該笑了。

予妍說：「你把自己困起來，如果我們不刺激一下你，恐怕真的一輩子都找不到你了。」

克仔接話：「我們想，如果我們假裝要離開，你一定捨不得。」他促狹一笑。「這樣無論你躲在哪裏，都會自己主動走出來。」

霖未及反應過來，突然一雙手把她緊緊地、用力地圈進懷中，一陣淡淡的香氣鑽進鼻息之間，甘而甜，有點像甘草，香而不濃，那是屬於紫羅蘭的獨特香氣。

她感到前所未有的溫暖和安心。

有一雙手從她背後環住，阿琛把臉頰貼向她的耳邊，下巴重重地靠在她的肩上。

霏此時輕輕靠近，抬手為她拭去臉上的淚。

然後他們一個個走到她跟前來，圍成一圈，霖的視線被一層層身影蓋住。

「喂！你們怎可以忘了我呢？」

是那張像永遠不會被歲月磨洗，永遠童稚的可愛面目。

「瑤瑤！」

眼淚比剛才流得更兇了，霖的眼睛紅著，淚水爬滿臉龐，再分不清是誰的肩上濡濕了一大片。

【紫羅蘭】

有時候溫暖很簡單，有時候溫暖很困難。

「這樣好了，我們誰也走不了，可要在這病院裏相依為命，白頭偕老了。」榛子笑著說。

病院裏，我們九個緊緊簇擁在一起。

隱約中，克仔溫柔地注視著我，那目光把我的臉烤得微紅。

對，他原來是那樣溫暖的男孩。

這一刻，我覺得他和我很近，總覺得曾經這樣一個陽光的男生，和我一起迷失在黑暗，又共同照耀同一片陽光。

真的很幸福。

【霖】

因為遇見他們，一切就已注定，往後的日子會與他們一起牽手前進，每天的時光都將會值得回憶。

因為遇見他們，霖學會了珍惜，往後的日子面對再多的暴風雨打，他們都會堅定走下去。

其實，他們一直在逃離，一直在逃離病院的攻擊。

可是在最後，他們有了逃出病院的方法，卻沒有選擇離開。

因為他們更要逃離的，是讓這個病院物是人非的人心，是作繭自縛的禁錮。

當友誼被擁有的慾望糾纏，便失去了本意。當心裏充滿懷疑和不信任，便失去了友誼。
被背叛、被囚禁、被傷害，不過是自己，畫地為牢的妄想。
而他們以真情的陪伴和付出，成功逃離。

所以，也許病院本身的存在就是一個錯誤。

柱子在這一瞬間突然裂開，牆磚逐漸剝落，病院一時間地動山搖，瓦礫碎片掉落下來，天花板彷彿下一秒就要崩塌似的。

他們緊緊閉上眼睛，沒有走開，反而更用力擁護著大家。瓦礫在空中化為灰塵般大小的光點，輕輕地散落在他們身上。

真想時間永久地凝止，剛好停在這一刻。

在那裏眼看病院以迅雷不及掩耳之勢崩塌、毀盡。它固然承載了他們無數美好的回憶，可更象徵著自由的扼殺，愛的囚禁。無垠的黑暗、絕望、嫉妒、傷害，他們在那裏所擁有的，從來只有扭曲的友誼。

只見這個病院驟然變化，變回一開始的樣子，那簡單而溫暖的病院，那他們以它為家的病院。

霖望向掛在牆上的時鐘，秒針在同一刻度不停地來回跳動，一、二、一、二……

也許，這是霖一生中最重要的時刻，也是她最想停留的瞬間。

「就這樣，走下去，好嗎？」

那曾被霖撕碎的照片，在牆上完好無缺地出現了；有如那曾經破裂的友誼，在修補過後有著更牢固的信靠，不需在意付出的多寡，只管真心真意地付出。

青春並不像偶像劇的劇情般，在現實中，有多少人會經歷多番欺騙、背叛，又哪有這麼跌跌宕宕的情節？

很多時候一段友誼的終結並不因為有甚麼不可原諒的過錯，但相處過程中的一點一滴都可以造成裂縫。正正因為友誼可以很堅固，但又同時很易碎，才值得我們用心珍惜和守護。此刻你若因種種原因失去了一段友誼，在經歷傷痛後，你可能會開始懷念往日。再過一段時間後，你可能會醒覺自己的錯處，悔不當初。

往後的道路，誰也不能預料。若然能從波折中學習，若然彼此之間仍存在著愛，有誰能斷定在未來的路上不能和好如初呢？

更加重要的是，你能從青春裏的每一件事，獲得成長，獲得最珍貴的回憶，不論痛或笑，它們將留在你青春歲月裏，永不磨滅。

霖看著照片中的九個人，他們現在逃出了心中的黑暗和惡魔。不需要山盟海誓，亦不需要生死相許。這裏沒有時間，也沒有盡頭。互相陪伴，就是他們九個的最初。

他們會一起走到永恆。

番外

黎卓琳　劉心
楊皓雯　蔡哲妍
胡凱盈

某日。

廣場中央開出一口小噴泉，中間有一個小天使像，泉底亮著濛濛的五彩燈，水嘩啦嘩啦地向天空迸射。

紫羅蘭走過了又退回來，從荷包裏掏出一個銅板，丟到噴泉底去，合起雙手，閉上眼睛，誠心許了個願。

突然，後腦一沉，她跌坐地上，昏了過去。

實驗室裏。

只有八張病床和一張桌子，擺放在床邊的一台電腦尤為矚目。

七個約莫是三十歲的成年人，兩男五女躺在圍成一圈的病床上，昏迷不醒。

霖嘴角掛上了笑容。她檢查過每個人頭盔的電線都連接著電腦，自己便也緩緩坐上病床，戴上頭盔。

霖病床旁邊的電腦照射出微弱的藍光。

屏幕閃爍著一堆複雜的代碼。

她靜靜看著面前的屏幕，彷佛眼前是一件藝術品，良久，才按下螢幕上開始程序的按鈕。

電腦的屏幕霎時出現幾個大字——

「程式開始。資料正在傳送……」

霖最後看著電腦，確定無誤後才睡下。

闔眼的一刻，霖心裏只有一個念頭：我們再也不會分開，而且，不能再分開了。

八個人一動不動躺在床上，電線由每個人的頭盔連接至電腦主機。

電腦的頂部貼著一張照片，照片中的是九位青少年，同坐在一張雪白的病床上。一絲暖意從相中九人的笑容中溢出。

冰冷的實驗室，被真摯的笑容溫暖了。

十五年前。

青山道一零一號，英英精神病院。

光滑的階磚映著古希臘式的大柱，這天是假日，病院的大堂裏探訪的人步伐不絕。

在這個偌大的病院的某一處，住著九個十多歲的少年。

他們各患不同的精神病。如命中注定般，他們相遇相知，成為了很要好的朋友，療癒彼此，在病院裏相依為命，走過無數個春夏秋冬。

一去幾年。

曾經的少年逐漸長大，他們慢慢意識到在病院裏待下去並不是長久之計。

於是逃的逃，走的走，病好的離開。

在離開病院的同時，他們可曾知道，自己亦放棄了同病相憐的一群朋友。

年少無知的少年們就這樣踏上了孤獨的旅途。

他們現在才知道，病院外並不是他們渴望的藍天白雲。

那裏只有更複雜的人情是非。

患過精神病是他們一生的「污點」，因為被扣上「瘋子」、「神經病」的帽子，他們經歷了比普通人更殘酷的社會，在與生活的搏鬥中被撞得遍體鱗傷。人們投向他們的目光從虛偽的關心，變成不屑一顧，甚至刻意疏遠。這終究讓他們明白自己與這個世界是如何地格格不入，他們是這個城市的異鄉人。

於是總想起當初在病院裏相互取暖的時光，想起無數個一起度過的夜晚，想起那段最真的友情。在一切爾虞我詐之中，曾經的友誼卻變得可望而不可及。

最後的分道揚鑣或者是每個人畢生的遺憾。

十五年後。

身穿雪白長袍的霖正坐在閃爍的電腦螢幕前，看著面前的一大堆程式碼。

她疲憊地托了托架在鼻樑上的眼鏡，眼神放空地看著程式進行最後的檢查。

九十八。九十九。一百。

完成。

這位三十歲的女人終於露出了意味不明的笑容，滿意地看著自己花了三年時間研究的心血結晶。

作為一個腦神經學家及程式專家，這空間是她畢生最成功的創舉，然而她並不打算將此公諸於世。這將會是她最光輝的成就，亦是她最後的研究項目。

霖雖被醫生診斷為被害妄想症的康復患者，但依舊未能擺脫那一生中的污點，跟另外還活著的七人一樣，每天活在不被接納的痛苦之中。她清楚知道讓他們重新得到幸福的方法，於是選擇成為腦神經學家及程式專家，以自己的力量挽回失去的歲月。

整個計劃幾乎是天衣無縫的，但，當中最大的漏洞，是那個瘋瘋癲癲的瑤瑤。

事實上，瑤瑤早已在十五年前的一個晚上，被予妍錯手殺死了。

但，霖內心的深處，一直渴望九人齊齊整整，重頭來過。

她唯一的辦法，就是創造出一個以瑤瑤為藍本的人工智能，並負責替她管理整個系統的運作。

先是大範圍收集有關瑤瑤的資料，培訓一個深度學習的人工智能，植入僅存的聲帶錄音，重塑當日的瑤瑤。

用電腦編碼寫出一個程式，以當年的病院作為架構的藍本，創建出一個與原來病院相若的虛擬空間，然後封鎖他人修改設定的權限，由自己和瑤瑤管理及控制整個空間。

人的意識包括八識。「眼、耳、口、鼻、舌、身、意」是人的感官意識。「末那識」則起到運作功能，就好像是電腦中安裝的軟件，是一種類似於程式的東西，來運作人的感官意識，把感官意識採集來的「感受」加工成為情緒與記憶。「阿賴耶識」則像是一個電腦的硬件，是一個載錄這些情緒與記憶的資料記錄器。

將八人的意識以電線接駁到電腦主機，設計出一款可連接腦電波的頭盔，八識被連接到系統，利用虛擬實境的技術創造出各種仿真的感官。

最重要的，是把各人的回憶備份至一個雲端空間，將十五年間的回憶分類存放在一個隱蔽檔案，也就是所謂的「回憶海」，把各人回憶重設於進入病院的時間，以求將一切恢復到十五年前的樣貌。

而由於創造大量的人工智能會加重電腦的負荷，因此虛擬病院內除九人的意識外，不會有其他作為醫護人員、路人等的人工智能。同樣地，虛擬病院外的世界亦會令電腦超出負荷，所以病院外將會是一片無盡的荒地。而為了不引起九人的懷疑，霖以程式碼封閉他們對於這奇怪之處的疑問，令他們無法注意這些漏洞，繼續在虛擬病院中生活。

「這樣，我們就可以在這個精心設計的空間裏重新開始了。別怕，我們一定會，好好的，永遠在一起。

你們期待嗎？我，親愛的，朋友們。」

二零三五年某月某日。

在密封的潔白實驗室裏，八具人體平躺在環形排列的病床上，頭顱指向八張病床中央的桌子，桌上擺放著一部電腦。他們的頭上都戴著一式一樣的頭罩，八條細長的電線在地上攀爬，另一端連接著中央電腦。實驗室的牆上貼滿各式各樣的腦電波圖及病歷表。

現場一片純白的安靜。

八人全無生命跡象。

躺在電腦旁的女人，眼角落下的淚水，輕輕劃過她冰冷的臉頰，乾涸了痕跡。臉上卻掛著恬靜而安詳的笑容……

是幸福？

縷縷光芒在霧氣的縫隙中徘徊
讓整個病院的上空中
都耀動著一層輕柔的光暈
這個病院依舊是被遺忘被唾棄的角落
與世隔絕
過往的傷痛依舊真實
刻在記憶的年輪
然而此刻
我和你們站著的位置
正好可以牽手
一起望向窗外的微黃
暖意編織成一條鑰匙
被緊緊握在我們的手心
解開心靈的鎖
逃離

校名：英華女學校
作者：黎卓琳、劉心、楊皓雯、蔡哲妍、胡凱盈
插圖：蔡栩怡、何嘉善
指導老師：廖仲儀老師
編輯：Margaret Miao
設計：4res
出版：紅出版（青森文化）
地址：香港灣仔道133號卓凌中心11樓
出版計劃查詢電話：(852) 2540 7517
電郵：editor@red-publish.com
網址：http://www.red-publish.com
香港總經銷：香港聯合書刊物流有限公司
台灣總經銷：貿騰發賣股份有限公司
地址：新北市中和區立德街136號6樓
電話：(886) 2-8227-5988
網址：http://www.namode.com
出版日期：2020年6月
圖書分類：流行讀物／小說
ISBN：978-988-8664-54-2
定價：港幣50元正／新台幣200圓正